ユーリ・マキウス
年齢：25歳 身長：182センチ
立場
マキウス王国国王
「軍神王」と呼ばれ無表情で
近寄りがたかったが、
アイの可愛さの虜に。
リリアンと出会ったことで
波乱が!?
エデリーン・ホーリー
年齢：20歳 身長：160センチ
立場
マキウス王国王妃
召喚された聖女アイを不憫に思い、
一緒に暮らすうちに溺愛。
「お飾り王妃」のはずが、
夫ユーリへの愛も
自覚し始める。
聖女が来るから君を
愛することはない
と言われたので お飾り王妃 に徹していたら、
聖女が5歳？
なぜか
陛下の態度も
変わってません？
2

キンセンカ
（リリアン）
年齢:??歳
立場
魔王配下の上級サキュバス
ある目的のためユーリに近づく。
無趣味で食べ物にも興味が
なかったが、アイと出会うことで
味が分かるようになり…。
ハロルド
年齢:24歳 身長:176センチ
立場
王宮料理人、騎士
第七騎士団でユーリと長い間
ともに過ごした悪友。
料理の腕と命名センスは
ピカイチ!?
アイ
年齢:5歳 身長:100センチ
立場
聖女
わずか5歳でマキウス王国に
召喚された幼女。
利発さと無自覚に"すきる"を
発揮し、すくすくと成長中。
ショコラ
年齢:??歳
立場
元野良猫の魔族
アイ殺害のために送り込まれた
刺客…のはずが
いつの間にか
ペット化!?

聖女が来るから君を
愛することはない
と言われたので
お飾り王妃に
徹していたら、
聖女が5歳？
2
なぜか
陛下の態度も
変わって
ません？
宮之みやこ
illust 界さけ
Kaisake

contents

第一章
新たな敵
005

第二章
私の護衛騎士
047

第三章
初めてのおいしい
133

第四章
突然の、崩壊
187

第五章
不憫なユーリ様
238

書籍限定書き下ろし掌編一
「寝静まった夜に」
243

書籍限定書き下ろし掌編二
「大神殿預かりのリリアン」
250

第一章 新たな敵

◇◇???・???◇◇

「まったく……アネモネはどうなっている！　あれ以来一度も連絡がつかぬ！」

赤い月が浮かぶ灰色の世界。

玉座の前に座っていた我は、イライラしながらドォンと尻尾を床に叩《たた》きつけた。パラパラと埃《ほこり》が落ちる中、我の前で微動だにせず立っているアイビーが、きらりと紫の瞳を輝かせる。

「主様《あるじ》……アネモネではなくショコラですよ」

「ええい、うるさい！　そもそも勝手に改名などしおって！」

我も我で、なぜ受け入れてしまったのか、今となってはわからぬ。

いや、聖女式典であまりにも拍子抜けして、もはや怒る気力すらなくしてしまったからなのだが――。

はぁ、と盛大なため息をついていると、暗闇の中からカツカツとヒールの音が聞こえてきた。

「ふふっ。主様。アネモネは強いとはいえ、もとをたどれば愛に飢えたただの子猫ちゃんですもの。わたくしや主様のような、選ばれた絶対的な存在とは違いますわ」

くすくすと笑いながら暗闇から歩み出てきたのは、長いピンクブロンドを持つ、絶世の美女だ。

色香を湛《たた》えた赤い瞳に、唇は熟《う》れたサクランボのように艶やか。華奢《きゃしゃ》な体とあどけない顔立ちに似合わぬ豊満な胸に、きゅっとくびれた腰。

「……キンセンカか」

男ならむしゃぶりつきたくなるほどの美女は、サキュバスのキンセンカだ。

「主様……なぜわたくしを差し置いて、アネモネなんてお呼びになりましたの？　わたくしなら子猫ちゃんと違って、一時の愛などにほだされたりしませんのに」

「……」

我は黙ってそれを聞いていた。

確かにこ奴《やつ》も力はあるが、サキュバスという種族の性質上、小さい聖女を排除するには不向きだと思ったのだ。

なおも黙り続けているとキンセンカがまた「ふふっ」と笑う。

「どうせこうお考えなのでしょう？　わたくしに小さい聖女を誘惑なんてできない、と。でも――大人の男なら、むしろわたくしが適任だとは思いませんこと？」

「……というと？」

我の問いかけに、キンセンカが赤い唇を吊《つ》り上げて妖艶な笑みを浮かべる。

「聞けば小さい聖女とやらは、両親役である国王と王妃に愛されることで力を発揮するのだとか。――なら、その力の源となる、国王の愛をわたくしが奪ってしまったら？　ついでに母親の女も始末してしまえば、聖女の力は失われるはずですわ」

「ふむ……」

確かにキンセンカの言うことには一理ある。

聖女そのものを殺せなくとも、その力の源を奪えるのなら、聖女の弱体化は避けられないだろう。

「よかろう……。そこまで言うならキンセンカ、次はお前が行くといい。聖女の力の源である両親を、排除するのだ」

「おおせのままに」

言って、キンセンカはうやうやしく首《こうべ》を垂れた。長いピンクブロンドが、さらりと肩から滑り落ちた。

◇◇王妃エデリーン◇◇

「ママぁ～！　まっしろできれいだねえ！」


新雪の積もった王宮の庭。

ふわふわのファー付きのコートを着たアイが、真っ白な雪にブーツで足跡をつけながら楽しそうに駆け回っていた。その後ろでは首にリボンを巻いたショコラが、とてとてと、こちらもまた小さな足跡をつけて歩き回っている。

「転ばないよう、気をつけるのよ」

ここしばらく、王都では来る日も来る日もずっと、雪の降る日が続いていた。

今日になってようやく雪がやみ、顔を覗《のぞ》かせた太陽にアイはじっとしていられなくなったらしい。辺りの空気は冷たいものの、あたたかい日差しに誘われるようにして庭に飛び出てきたのだ。

ふわふわの白いファーが付いたコートは白色で、頭にお揃《そろ》いの色のリボンをつけたアイは、まるで雪の妖精のよう。その後ろで跳ねまわっているショコラの黒い体も、思わず絵に描きたくなるほどよく雪に映えている。

私はニコニコしながらその様子を見ていた。本当はスケッチブックが欲しいところだけれど、雪の中アイから目を離せないから今は我慢我慢……！

「しょこらのあしあと、にくきゅうのかたちしてる～！」

アイがショコラの足跡を指さして、けたけたと笑った。そのほっぺとちいちゃなお鼻は林檎《りんご》のように真っ赤になっているけれど、黒い瞳は活《い》き活きと輝いている。

雪が降っている間はずっと王宮の中で過ごしていたから、久しぶりの外遊びが楽しくてしょうがないのね。

――無事式典を終えた私たちは、至って平和に過ごしていた。

マキウス王国の冬は毎年凍えるような寒さと、この時期特有の魔物にも見舞われていたせいで、近年は厳しい冬越えを迫られていたと聞く。

けれど今年はアイと、それからサクラ太后陛下の力も蘇《よみがえ》ったおかげで、悲惨な魔物の話を聞くことはなかったの。

それは王都から離れた村も同様で、新年を迎えた際には各地からアイ宛てに、感謝の贈り物まで届けられたほどよ。

「しょこらのなまえ、かいてあげるねえ。アイ、もじをおぼえたんだよ！」

「にゃお～ん」

一方、平和をもたらした本人であるアイはそのことにはまるで気づかず、ショコラに向かって何やら喋《しゃべ》っている。どこから拾ってきたのか、木の枝を使ってサクサクと雪の上に文字を書いていた。

それを私は微笑《ほほえ》ましい気持ちで見ていた。

ふふっ。アイったら、覚えたばかりなのになんて上手なのかしら！

つづりも合っているし、さすが私のアイ。本当に賢い子だわ！

王宮に引きこもっている間に、アイは少しずつ文字を習い始めていた。

本当は最初、アイの年齢に合わせてゆっくり進める予定だったんだけれど、これまた驚いたことにアイったらすごく優秀だったの。

サッと全部の文字を覚えてしまったかと思うと、気づいたらショコラに絵本の読み聞かせまでするようになっていた。

絵本を広げ、猫であるショコラ相手に読み聞かせをするアイの姿を思い出して私は微笑んだ。

ショコラもショコラで、その場から離れることなくじっとしているものだから、まるで本当に聞いているみたいに見えてすごく可愛《かわい》かったわ……。

私が思い出して和んでいると、不意にふわりと肩にコートがかけられた。振り向くと、ユーリ様が心配そうな顔で私を見ている。

「ユーリ様ったらいつの間に？　全然気づきませんでしたわ」

雪を踏みしめるザクッザクッという音ぐらい聞こえてきそうなものなのに、彼は本当に音もなくそばにやってきていたのだ。

「驚かせてしまってすまない。雪でも足音を消す癖がついているから……。それよりも、その服では寒いだろう？」

とユーリ様は言っているけれど、私もしっかりアイとお揃いのコートを羽織っているから全然平気だ。

「ユーリ様ったら、心配性ですわ。私にコートを貸してくれたせいで、ユーリ様が一番薄着になってしまっているじゃありませんか」

「大丈夫だ。私は寒さに強い」

そう言ったまま、ユーリ様は私にかけたコートを取ろうとはしない。

「それよりエデリーン、今年の冬は平和だっただろう？　大臣たちから『数年ぶりに新年の祝賀会を開いてはどうか』という声が出ているんだ」

『新年の祝賀会』

久しぶりに聞く単語に、私は目を輝かせた。

一〇年前、まだ前国王陛下が健在で、サクラ太后陛下との仲が良かった頃。

王城では毎年、新年の祝賀会という名の舞踏会が開かれていたの。

そこでは無事新年を迎えられたことを喜び、挨拶をすると同時に、家臣たちと各地の状況報告も受ける大事な場だったらしい。

ここ一〇年は魔物が暴れまわっていたため、皆生きのびるのに必死だったけれど――。

「とてもいいですわね。祝賀会は、平和の象徴と言えますもの」

私はにっこりと微笑んだ。

新年の祝賀会は、通常の舞踏会同様夜に執り行われるが、開始直後の時間帯ならアイも参加できるはずだ。

それならアイには、どんなドレスを着せようかしら⁉

天使に着せるドレスを想像して、私はワクワクした。

そうと決まれば、話は早い。

私はすぐさま準備に走った。


――後日。広い王宮の一室には、色とりどりの子ども用ドレスがずらりと並んでいた。

用途はもちろん、祝賀会で、アイのドレスを選ぶためだ。

あと子どもって成長が早いから、お洋服もこまめに新調しないとね！

たっぷり用意した自分のお小遣いを握りしめながら、私は恍惚《こうこつ》の表情で言った。

「ふふふ、今回はどれがいいかしら。こっちの草原を思わせるパステルグリーンのドレス？　それとも花の妖精みたいな黄色のドレス？　可愛いから、とりあえず全部着ちゃいましょうか！」

私が鼻息荒くドレスを差し出すと、純度一〇〇パーセントの輝く笑顔でアイが元気よく手を上げる。

「はぁい！　ママ！」

すぐさま侍女たちがやってきて、アイも慣れた様子でサササッと着替えていく。それを見ながら、
私は早口で叫ぶようにして言った。

「ああっ！　いいっ！　すごくいいわ！　あなたは天使ねアイ！　そうだ、ちょっと体勢を変えてみてくれるかしら⁉　首を少し右にかしげて……」

「ママ、こう？」

「そうそう、そんな感じ！　うんうん、思った通り最っ高ね‼」

指示通り愛らしいポーズを決めるアイに、私はハァハァと荒い呼吸を繰り返しながら、設置してもらったキャンバスにシュシュシュッと描き込む。

この光景は既に数え切れないぐらい繰り返されてきたため、侍女や仕立て屋も、皆慣れ切った顔だ。部屋の隅っこでは、めんどくさそうな顔をしたショコラがカカカカッと首をかいていた。

そこへ、朝の政務を終えたらしいユーリ様もやってくる。

「エデリーン、ドレス決めは順調かい？」

「いつも通り、アイが可愛すぎてまったく決まる気がしませんわ！」

その言葉に、ユーリ様がニコリ……と微笑んだ。

ユーリ様も、毎回アイのドレス決めには膨大な時間をかけていると熟知しているのだ。

「とはいえ新年の祝賀会ですから、おのずと赤いドレスになりますけれども……」

言って、私は大量に用意された赤いドレス群を見た。

マキウス王国では、新年になると皆で「健康、力、豊かさ」を象徴する赤色をまとう習慣がある。

全身赤が許されるのは王と王妃――つまり聖女――と大神官に限られるのだけれど、祝賀会の参加者も皆、必ず装いのどこかに赤を入れる決まりになっている。

「あかいのがいっぱいだねえ！」

なんて言ったのはアイだ。ずらりと並んだドレスの間を、アイがとてとてと駆けてゆく。

「これだけいっぱいあると選ぶのも大変ね」

ひとくちに赤といっても、プリンセスラインが美しい華やかな一着に、フリルで作った大きなバラが縫いつけられた一着。それから少し大人っぽいマーメイドラインに、ドレープが見事なボリューミードレス。

すべてが赤なだけに、目がチカチカとしてきそうだ。

「アイはどれか気に入ったものはある？」

「うーん……。アイはねぇ……」

言いながらアイが、ドレスを一着一着念入りにチェックしていく。その目は鋭くきらりと光り、表情は狩人のようだ。

ふふっ。あいかわらず真剣な顔も、なんて可愛いのかしら……！

アイのドレス探しを邪魔しないように、私は静かに鉛筆を走らせた。日々の一瞬一瞬が愛《いと》おしく大事で、絵に残さないともったいないんだもの。

やがて、これぞというものを選んだらしいアイが一着のドレスを持ってくる。

「アイはね、これがいいっ！」

「どれどれ……まあ」

差し出されたドレスを見て、私は驚きの声を上げた。

それは、広がったスカートのラインが美しい正統派のドレスだった。

生地はベルベットでできており、胸元や腰、裾には金糸で豪華な刺繍《ししゅう》が入れられている。上品かつ豪華で、どちらかというと子どもより大人が好きそうなデザインだ。

「すごく大人っぽくて綺麗《きれい》だわ！　アイはとってもセンスがいいのね！」

これを着てシャンと佇《たたず》んでいるアイを想像すると、それだけでよだれが出てきそう。

お姉さんぽくおしゃまに背伸びしている女の子って、最高に可愛いわよね。

私が想像してにたりと笑っていると、アイがもじもじしながら言った。

「あのねぇ、アイたち、しゅくがかい？　にでるんでしょう？」

「そうよ。そこで皆様に、新年のご挨拶をしましょうね」

「なら、アイ、ママとおそろいがいいなっておもって、それをえらんだの！」

「えっ……？」

私は目を丸くした。

……私と、お揃いがいい……？　つまり、このドレスは、もしかして……。

私がわなわなと震える前で、アイがニコッ、ととびきりの笑顔で微笑んだ。

「だからこのどれすはね、ママににあいそうだなっておもってえらんだの！」

あああっ!!

新年最初の浄化をいただきましたわ〜〜〜!!

ズシャアッ、と私は鼻を押さえながらその場に崩れ落ちた。

「ママ、だいじょうぶ？　はい、はんかち」

そこに、困り顔のアイがスッとハンカチを差し出してくる。

最近はアイも私の奇行にすっかり慣れて、ちょっとやそっとじゃ驚かなくなってきたの。

おまけに、ハンカチまで用意してくれるようになって……成長ってすごい。

「アイが私のことまで考えてくれるようになったなんて……感動で、涙が止まりませんわ」

「エデリーン……最近の君、どんどん涙腺が緩くなってきてないかい……？」

むせび泣いていると心配そうな顔のユーリ様に言われて、私はハンカチで目を拭った。

「それは私も最近自覚しておりました。でも、アイがあまりにも可愛すぎて……！」

言いながらぎゅっとアイを抱き寄せれば、アイが嬉《うれ》しそうに「えへへ」とはにかむ。

その笑顔の可愛さといったら。私は思わずもう一度腕に力を込めた。

ああ、本当にこの子はなんて可愛いのかしら。

前にアイのことを宝物と言ったけれど、もはや宝物という表現ですら足りないほどよ。命に代えても守りたい存在って、こういうことを言うのね。

愛しくて、尊くて、大事で。

もしかして世の中の親たちは、みんなこういう気持ちを抱いていたのかしら？

私のお母様やお父様も、私のことをそう思っていてくれたのかしら？　だとしたらそれって……とっても幸せなことよね。

しみじみと考えながら、私はアイに向かって言った。

「アイ、祝賀会ではお揃いのドレスを着ましょうね。……そうだ。パパの服もこの生地で作ってもらいましょうか？　もちろん裾には、お揃いの刺繍も入れてもらうのよ」

「パパも？　やったぁ！　みんなでおそろいだねっ！」

言いながら、アイが嬉しそうにぴょんぴょんと跳ねる。

「ユーリ様もそれで構いませんか？」

「もちろんだ。みんなでお揃いを着よう」

言って、ユーリ様はアイを高く抱き上げた。

「きゃははっ！　たかーい！」

高い高いをされながらアイが、バッと両手を真横に広げてはしゃぐ。

「ひこーき！」

……ヒコーキって何かしら？　単語の意味はよくわからないけれど、アイの笑顔を見ていると
「まぁいいか」という気がした。

「じゃあ祝賀会では、思い切りおめかししないとね」

「うんっ！」

私たちは仕立て屋にお揃いの一式を頼むと、祝賀会の準備を粛々と進めた。

一〇年ぶりの開催準備は私が取り仕切ったのだけれど、サクラ太后陛下もかなりの部分を手伝ってくれたおかげでとても順調に進んだわ。


そしてやってきた当日。

新年の祝賀会は、夜の訪れとともに始まった。

本来アイの年齢で舞踏会に出ることはないのだけれど、そこは皆の象徴である聖女。開会の挨拶だけ、特別に出ることになったの。

皆が注目する壇上で、私たちは先日出来上がったばかりのお揃いのドレスを着て立っていた。深

紅のベルベット生地は上品かつ滑らかで、そこに金糸の刺繍がさらに豪華さを添えている。

今回は髪をツインテールに結ってもらったアイも、両方の髪に大きなベルベットの赤リボンを付けて、嬉しそうに髪をふりふりと揺らしていた。

「えへへ。りぼんも、ママとおそろい！」

「ママも頭に結ってもらったものね」

私はさすがにツインテール……というわけにはいかなかったけれど、上品に結ってもらったアップヘアの一番上には、アイとお揃いのリボンが編み込まれている。

「アイ、見て。実はパパも、腰のところに結んであるリボンがお揃いなのよ」

私の声に、アイもユーリ様を見る。

彼はジャケットが黒、ズボンが白の礼服に、私たちのドレスと同じ素材を使った真っ赤なマントをまとっていた。まっすぐ伸びた背筋に、ぴしりとした礼服を着こなすユーリ様は、国王らしい威厳に満ちている。その腰の部分にさりげなく編み込まれたリボンは、私たちとお揃いだ。

「わぁっ！　ほんとだ！」

気づいたアイが、手で口を覆ってくすくすと笑う。

おめかしして、そしてたくさんの人が集まっている場で、アイは少し興奮しているようだった。

けれど怯《おび》えることなく楽しんでいる姿を見て、私は微笑んだ。

――ここに来たばかりの頃は大人がいるだけで怖がっていたんだもの。こうして皆に囲まれた中、堂々と立っていられるようになるなんて……本当に子どもの成長はすごいわ。

祝賀会は舞踏会と同じ時間に行われていることもあって、アイは挨拶が済んだらすぐに退場する予定なのだけれど、少しでも楽しんでもらえるのならそれに越したことはない。

そばでは金色のドレスを着たサクラ太后陛下と、同じく金色の礼服を着たホートリー大神官もニコニコとアイを見守っている。

「ふたりとも本当によく似合っているわ」

「やはり祝賀会はいいですねえ。一年の始まりとして、身が引き締まると言いますか」

「皆様方、まもなく開始の時間です！」

そこへ、係の者の声が聞こえてきた。すぐにユーリ様が手を差し出してくる。

祝賀会が始まろうとしているのだ。

私たちは三人で手を繋《つな》ぐと、会の始まりを待っている貴族たちの前に進み出た。

それからユーリ様がゆっくりと、それでいて威厳のある声で朗々と語りかける。

「こうしてまた、皆とともに祝賀会を開けることを心より嬉しく思う。これからも我々とともに、聖女アイを見守り、そして良き家臣として支えていってくれることを期待している。――乾杯」

「乾杯！」

挨拶と共に、皆が一斉にグラスを突き出す。アイも、「かんぱーい」とグラスを突き出しているけれど、その中に入っているのはもちろん林檎ジュースだ。

アイが一息でジュースを飲みほしたのを見てから、私は皆に向かって言った。

「それでは夜遅くなってもいけませんので、聖女はこれで退出させていただきますわ。また今度お茶会を開きますから、その時にぜひご挨拶させてくださいませ」

退出が早すぎる気もするけれど、祝賀会には国の名だたる貴族たちが集まっている。ひとりひとり挨拶をしていたら、それだけであっという間に時間が経《た》ってしまうもの。

このことはあらかじめ貴族たちにも告知してあるため、反対の声を上げるものはいない。

アイが緊張しながらぺこりとカーテシーを披露すると、あたたかく優しい視線とともにパチパチと拍手が起こる。すぐさま控えていた三侍女のアン、ラナ、イブの三人とともに、アイは会場を後にした。

その背中を、私は名残《なごり》惜しそうに見ていた。

ああ……!!

私もアイと一緒に帰りたかった!!

元々舞踏会は好きでもなければ嫌いでもなく、貴族の義務として参加しろと言われればそつなくこなせる程度には慣れている。

ただ、アイをひとりにする……ううん、アイから離れることに、私が耐えられなかったのよ。

私はくぅっと拳を握った。

毎日の寝かしつけは、他の誰でもない私にとっての癒しなのに！

あの小さな体をぎゅっと抱きしめて、トントンしながら安らかな眠りにつくのを見守るのが、至福の時間なのにっ!!

くうぅっ……となおも拳をギリギリ握っていると、ユーリ様がそばにやってきて手を差し出した。

「エデリーン、気持ちはわかる」

「ユーリ様っ……！」

さすが、ユーリ様。

私たちは、ともにアイを守り育て愛《め》でる同志として、がっしりと手を握った。

そうね、アイがあんなにしっかりと務めを果たしていたのに、私が子どものように駄々をこねている場合ではないわ！

ここは聖女補佐として王妃である私が、貴族たちにアイの愛らしさ、美しさ、賢さ、おちゃめさ、めでたさを余すことなく語り、アイがいかに素晴らしい聖女なのか、存分に知ってもらわないと！

私は王妃らしくピシッと背筋を伸ばして淑女の微笑みを浮かべると、ユーリ様の腕にするりと手を絡ませた。

「では、挨拶を」

私たちの準備ができたことを悟った貴族たちが、すぐに列をなす。それを私とユーリ様が順番に対応していった。

「貴殿のおかげで、今日《こんにち》のマキウス王国があると思っている。心より感謝しているぞ。そしてこれからも、王家と聖女アイを支えてくれるだろうか」

そう大臣に向かって微笑むユーリ様は、若い王らしい威厳と慈愛に満ちていた。

浮かんだ微笑みも凛々《りり》しいながら穏やかで、『軍人王』と呼ばれ恐れられていた頃より、ずいぶんとやわらかくなっている。挨拶に来た侯爵夫妻に付き添っていたご令嬢が、ポーッと頬を赤らめてユーリ様を見ていた。

その様子を見ながら私は微笑む。

ふふ。ユーリ様も以前とは見違えるほど立派になられたわ……！

最初の頃は本当に冷たくて怖かったのだけれど、いつの間にか自然な笑顔を作れるようになっている。日頃から子どもと接していると、表情がやわらかくなるのかしら？

私たちはその後も貴族たちと挨拶を交わしていった。

どこの領地でも聞くのは魔物がやってこなくなったというめでたい話ばかり。農作物が被害に遭うことも減ったし、なんといっても死亡者数の減少は、去年とは比べものにならないほどらしい。

その話を聞き、アイを褒められるたびに、私とユーリ様は揃ってニコニコした。

あとでアイにも、たくさん褒められていることを伝えなくっちゃね……！

そう思っている私たちに、次の貴族がやってきた。

「ごきげんよう――」

と目線を上げて、私は見覚えのある顔にハッと息を呑《の》んだ。

ピンクブロンドの美女を連れて私の目の前に立っていたのは、さらさらの金髪に、少し濃いめの青い瞳。

――いかにも貴族然とした細く優雅な立ち姿に、甘い顔立ちをしたその人は、かつての婚約者であるマクシミリアン・デイル伯爵だったの。

「やあ、久しいね、エデリーン――いや、今は王妃陛下ですね」

「マクシミリアン様……」

忘れたくても忘れられない、かつての婚約者マクシミリアン・デイル伯爵を前に、私の顔はサッと暗くなった。

彼と最後に会ったのは、三年前だったかしら。

彼……マクシミリアン様とは、私が一二歳から一七歳までの五年間、婚約者として過ごしていたの。それは恋もよくわからない幼いうちの婚約で、互いに恋愛感情はなかったように思う。そもそもが家同士の釣り合いを考えて結ばれた婚約だったもの。

成長して、マクシミリアン様はずいぶんとお顔がいいのねと思ったけれど、やっぱりそれ以上の感情はなかった。

それより、彼は他の乱暴で浮ついた若い令息と違って落ち着いていたし、誠実だと、かつては思っていたのよ。

『エデリーン、愛する人ができた。婚約解消してくれないか』

と彼に言われるまでは。

……その時の衝撃と言ったら。

情けないけれど、人生で初めて寝込んでしまったわ。

だって私たちの間に燃えるような愛はなくとも、五年の間に築き上げた情は確かにあったんだもの。今後、彼と穏やかで優しい家族を築いていけたら……そう思っていた矢先だったの。

もちろん、一方的な婚約解消の申し出にお父様は怒り、これでもかというくらい慰謝料をふんだくってくれたわ。

それでも、心の傷というのはそう簡単に癒えるものではない。

当時私にできたのはマクシミリアン様のことを頭から締め出し、社交界のことを締め出し、ひたすら家に閉じこもって絵を描くことだけ。

あの頃描いた絵を見返すと本当に狂気としか言いようがなくて、できれば今すぐ燃やしてしまいたいわね。妹たちが「これは将来高値がつく！」って言ってすべて持っていってしまったけれど。

昔のことを思い出していると、マクシミリアン様が私とユーリ様に向かって微笑んだ。

「国王陛下と王妃陛下に、ご挨拶申し上げます」

……そうよね。ここ最近アイに夢中ですっかり忘れていたけれど、貴族たちが集う祝賀会ということは当然、彼も参加しているのよね。

私がマクシミリアン様に突然婚約解消を言い渡されてから、もう三年。

時間薬のおかげで彼のことを思い出さないようにはなっていたけれど、それでも極力会いたくない人物であるのは変わらない。

かといって無下に扱うこともできないため、私は大人の対応として、何事もなかったかのようににこりと微笑んだ。

「ごきげんよう、デイル伯爵」

挨拶をして、ちらりとマクシミリアン様の隣に立つ女性を見る。

流れるようなピンクブロンドに、色っぽく潤んだ大きな赤い瞳。卵形の顔はつるんとしていて、濡《ぬ》れたように光る唇は赤く艶っぽい。

出るところは出て、くびれるところはくびれた彼女は、人目を惹《ひ》きつける絶世の美女だった。

当時は婚約を解消されたことがショックすぎてそれ以外何も考えられなかったけれど、祝賀会に連れてくるということは、この人が私を捨ててまで乗り換えた女性《ひと》なのかしら？

でも……それにしては見たことがない顔だわ。社交界のご令嬢は大体みんな知っているはずなのだけれど……。

考えながら私はユーリ様の言葉を待った。

マクシミリアン様も私も挨拶をした。となると最後に残るのは、国王であるユーリ様だけだもの。

……。

………。

…………あら？

けれど待てど暮らせど、ユーリ様からマクシミリアン様に対して一向に声がかからない。

「ユーリ様？」

私は不思議に思って彼の顔を見上げ――驚きに目を丸くした。

ユーリ様は今まで見たことがないほど、冷たい瞳でマクシミリアン様を見ていたの。即位したばかりの頃の無表情とは違う、軽蔑が込められた瞳……とでも言うのかしら？

そんな顔のユーリ様は初めてだわ。

「あの、ユーリ様……？」

戸惑いながらユーリ様の腕に触れると、彼はハッとしたようだった。

すぐににこりと笑みを浮かべ直して、握手のためにマクシミリアン様に手を差し出す。

「すまない。少しぼんやりしていたようだ」

口調は穏やかだけれど、その目はあいかわらず冷ややかだ。

異変を感じ取ったマクシミリアン様も戸惑っている。

それには構わず、ユーリ様が続けた。

「デイル伯爵と話をするのはこれが初めてのはずだが、私はまだ社交界のことに疎くてね。——隣の女性は奥方だろうか」

促がされて、マクシミリアン様が隣の女性を見る。

「紹介が遅れまして申し訳ありません。彼女は僕の妻ではなく、遠縁の親戚なんです」

遠縁の親戚？　この方は、マクシミリアン様の奥様ではなかったの？

思わぬ答えに驚いていると、紹介された令嬢がふわりと微笑んでお辞儀《カーテシー》をした。

彼女は立っている時から美しかったけれど、微笑んだ表情はまさに美の化身と言ってもさしつかえないほどだった。微笑んだだけで辺りに花びらが舞い、気のせいか花のいい匂いまでしてきたわ。

……香水かしら？

マクシミリアン様にこんなに綺麗な親戚がいたなんて、初耳ね。

「リリアン・ブレーリーと申しますわ。国王陛下、王妃陛下、このたびはご挨拶できることを心より嬉しく思います」

そう言ったリリアン様の声は鈴を鳴らしたように可憐《かれん》で、私は思わず感心してしまった。

だって顔から声から体型まで、非の打ちどころのない完璧な美女だったんだもの。

周りにいる貴族たちも老若男女問わずリリアン様に見とれているし、彼女がマクシミリアン様の奥方じゃないとわかった以上、これから求婚が殺到しそう。

「最近のデイル領はどうだ。魔物の被害や出現率は？」

「おかげさまで、すこぶる平和でございます。農作物の収穫量も上々で——」

そんなことを考えている間に、ユーリ様とマクシミリアン様の間で領地の話が始まった。

私も適度に相槌《あいづち》を打ちながら聞いていると、ふと、リリアン様がじっ……と熱っぽい瞳でユーリ様を見つめていることに気づいた。

……あら？

私はそっとリリアン様を見る。

若いご令嬢が尊敬と憧れをにじませてユーリ様を見ることはよくあるのだけれど、リリアン様は、〝ものすごく〟という形容詞をつけてもいいほど、ユーリ様を見つめていたの。

大きな目を潤ませ、口元にうっすらと微笑みを浮かべている様子は、まさに恋する乙女そのもの。しかもリリアン様はとにかく綺麗な方だから、女の私ですら感動してしまうほど可憐だ。近くにいる若い貴族男性が、ぽーっと見とれている気持ちもわかる。

私は密かに苦笑した。

妻である私がいるのにこの見つめっぷりは、少し不作法ではある。とはいえ遠縁の親戚と言っていたし、もしかして社交界にはあまり慣れていないのかもしれない。これくらいのこと、目くじらを立てて怒るほどのことでもないものね。

そう思いながらも、少し、本当に少しだけ、私は落ち着かない気持ちになっていた。

だってこんなに綺麗な女性に見つめられたら……男性としてはやっぱり嬉しいものよね？ ユーリ様も、ドキッとしたり……するのかしら？

ちらりとユーリ様を見上げると、彼はマクシミリアン様との話を続けていて、リリアン様の熱い視線には気づいていないようだった。

それでも私は落ち着かなくて、そわそわしながらユーリ様の腕にかけた手にちょっとだけ力を込

めた。――心のどこかで、波乱の予感を抱きながら。

✣

「ママみて！　このあいだのりぼん、もらったの！」

そう言いながら、部屋の中で嬉しそうな顔のアイがその場でくるりと回る。

ふわっと宙を舞うやわらかな黒髪には、先日の祝賀会で結われた赤いリボンが編み込まれていた。

どうやら侍女が結んでくれたらしい。

「素敵！　ドレスの時もよかったけれど、今もとってもよく似合っているわ！」

私はニコニコしながら拍手をした。

今日のアイは青いワンピースを着ていて、服の青地に、赤いリボンがよく映えている。

アイはしばらくくるくると回ってから、パッと私の方を見た。

「ねえママ、アイもじぶんでりぼん、むすべるようになりたい！」

言いながら編み込んだリボンをぽふぽふと叩き、ふんすふんすと鼻息荒く言う。その瞳は黒曜石のように輝き、やる気に満ち溢《あふ》れていた。

その姿に、私はまたくすりと笑う。同時に、とてもまぶしい気持ちで見ていた。

――人は大人になるにつれ、自然に、あるいは他からの圧によって、外面を取り繕うことを覚える。

令嬢なら「淑女らしく」という言葉のもと、声を立てて笑うことも、感情をあらわにすることもすべて禁止されていく。

けれど、今のアイにそんな大人の事情は一切影響していなかったのよ。

アイはただ感情のままに笑い、好奇心の赴くまま目を輝かせているのだ。

その姿は活き活きと生気に満ち溢れ、見ている大人まで心があたたかくなるような、そんな輝きがあった。

……そういえば子どもの頃って、毎日のささいなことがとっても楽しかったのよね。花びら一枚に大喜びして、雪が降っただけではしゃいで……大人になるにつれ、そんな気持ちをすっかり忘れてしまっていたわ。

思い出して私は微笑んだ。

本当にアイはすごい。何気ない日常を、すべてキラキラしたものに変えられる力を持っているんだもの。これは聖女の力……というよりも、子どもの持つ力なのかしら？

「じゃあ、侍女たちにお願いして教えてもらいましょう？　せっかくだから、ママも一緒に覚えようかしら」

その言葉に、またアイがぱぁぁっと顔を輝かせる。

「うん！　ママもいっしょにやろ!!!」

言って、アイが嬉しそうにぎゅうっと私に抱きついた。

アイはひとりでやるより、私やユーリ様と一緒に何かをするのが大好きなのよね。そしてそれは私も一緒だった。

アイと一緒に過ごす時間はすべて、かけがえのない宝物だ。

一緒にご飯を食べたこと、抱き合って眠ったこと。小さなことひとつひとつが、思い出の一ページとして私の心に深く刻まれている。

そこへ、私たちの会話を聞きつけた三侍女たちがわらわらと集まってくる。

「あっ。じゃあアイ様には私が教えますね！」

「ずるい！　あたしがアイ様に教えたいのに！」

「じゃあアタシはエデリーン様に教えま～す」

「ちょっと抜け駆け！」

誰に教えるかで、侍女たちが喧嘩《けんか》している。それを苦笑しながら見ていると、ようやく担当が決まったらしい。勝ちをもぎ取った三侍女のひとり、赤毛のアンがぜぇぜぇしながら言った。

「編み込み……の前に、まずはいったん三つ編みで練習してみましょうね！」

三つ編み、懐かしいわ。

私は昔のことを思い出していた。

私が幼い頃、髪の結い方を覚えたい！　と言ったことがあったのだけれど、当時の家庭教師に「それは侯爵令嬢がやることではありません」と怒られてそれきりだったのよ。

私がそんなことを思い出しながら編む横では、アイが眉間にしわを寄せ、ツンと唇を尖《とが》らせながら、真剣そのものの顔でもくもくと編んでいる。

ふふっ。アイったら、真剣になっている時は、いつも唇がとんがっちゃうのよね。

その姿もまた愛らしくて、私はまた笑った。

そんな私の笑い声に気づかないほど、アイは集中している。暖炉でパチパチと火が爆《は》ぜる中、部屋に流れるのはあたたかく穏やかな空気だった。

やがて試行錯誤の末、アイはなんとか私の髪に編み込みを作ることに成功したらしい。

鏡で見ると、多少よれてはいるものの、初めてにしてはとても上手にリボンが編み込まれている。

ツインテールに使っていたリボンのうちの一本を、私につけてくれたようだ。

「可愛いわ！　ありがとうアイ。ママ、とっても嬉しい」

抱きしめながら褒めると、アイがえへへへ、と嬉しそうにはにかむ。

「せっかくだからこれ、パパに見てもらおうか？」

時刻はそろそろお昼時《どき》。ユーリ様の午前中の政務も落ち着く頃だ。

最近はユーリ様も以前よりずっとパパらしくなってきて、褒めも達人級に上達したの。きっと今回のことも、褒めてくれるはずよ。

「うん！　みせにいく！」

まるでウサギが跳ねるように、アイがぴょんとその場で跳ねた。

私たちはご機嫌で手を繋ぐと、一緒にお歌を歌いながらユーリ様の執務室へと向かう。

やがてたどり着いた部屋では……あら？　中から話し声がするわ？

私は一瞬ためらった。

お仕事の邪魔をしては悪いし、出直そうかしら……？

でも、私が悩んでいるその時だった。

アイがコンコンコンッと軽快にノックをしたかと思うと、返事が返ってくる前にガチャリと扉を開けてしまったのだ。

「あっ」

しまった。アイに待つよう、言うべきだったわ……！

「パパ～！　みて！」

焦る私とは反対に、満面の笑みのアイが部屋に入っていく。私はあわてて後を追いかけた。

「ごめんなさい、お客様がいらっしゃるのなら後で出直してきま――」

そこまで言ってから、私は中にいる人物に気づいて目を丸くする。

ユーリ様の執務室に立っていたのは、先日の祝賀会で会ったマクシミリアン様と、遠縁の親戚リリアン様だったの。

ただし彼女はドレス姿ではなく――騎士？　のような恰好《かっこう》をしている。

「エデリーン、ちょうどいいところに」

私の顔を見たユーリ様が、気を悪くした様子もなくにこりと微笑む。

「先日会ったリリアン嬢が、君の近衛騎士になりたいと志願しているんだ。女性同士なら安全だし、どうだろう。この機会に考えてみないか？」

「えっ？」

予想外すぎる言葉に、私は思わず驚きの声を上げていた。

リリアン様が……私の近衛騎士？

私はまじまじと彼女を見つめた。

美しく結い上げられていたリリアン様のピンクブロンドが、今は頭の後ろでポニーテールとしてくくられている。服も華やかなドレスではなく、騎士の鎧《よろい》。

今は祝賀会のような華やかな化粧はしていないものの、それがかえって彼女の自然な美しさを引き立てていた。

驚いたわ！ この方、美しい方だからてっきり良い結婚相手を探しに来ていたのかと思っていたのだけれど、まさか騎士だったの？

いわゆる、女騎士というものよね？

私はまじまじとリリアン様を見つめた。

マキウス王国に女騎士がまったくいないわけではないけれど、少なくとも私の知り合いにはいない。たまに見かける女騎士は男性と見まごうほど髪が短く、また雰囲気もどこか荒々しさがあったから、そういうものなのかと思っていたのだけれど……。

しかも、私の護衛騎士？

「ママ？」

目を丸くする私を、アイが不思議そうな顔で見上げてくる。

あっそうだった。アイの編み込みを見せに来たのよね。

でもなんだか、そんな雰囲気ではなさそう……？

私はしゃがむと、アイと目線を合わせた。

「アイ、ごめんね。ママはパパたちとお話をしなきゃいけないみたいなの。少しお部屋で待っていてくれるかしら」

途端に、垂れたウサギ耳のようにぴょこぴょこ揺れていたアイの髪が、一束《ひとたば》へにょりとしおれた。

最近気づいたのだけれど、アイの髪でこの部分だけ、まるで意思を持っているみたいにぴょこぴょこ動いている時があるのよね……！

じっと観察していると、アイの下唇が不満げににゅっと突き出される。その小さな唇はつやつやでぷるぷるだ。

「わかったよぉ……」

そのましょぼしょぼと肩を落としたアイは、ついてきた侍女たちに手を引かれて、トボ……トボ……と部屋を後にする。

あああ！　ごめんねアイ……！

私はくっと唇を噛《か》み締めた。

すぐユーリ様に編み込みを見てもらいたかっただろうに、わがままを言わずにこらえたアイは、本当に頑張ったと思う。

しかも肩を落として歩く姿も本当に健気で……かつ、しょぼしょぼしたアイの可愛さといったら！

ごめんね、アイが落ち込んでいるのにこんなことを思ってしまって……！

帰ったらすぐにぎゅうっと抱きしめるからね！

相反する気持ちに心の中で謝っていると、扉が閉められて部屋の中が大人だけになる。

私はユーリ様に向き直ると、マクシミリアン様やリリアン様を見た。

「それで、私の護衛騎士にというのは？」

「今まで、エデリーンには専属騎士がいなかっただろう？　双子騎士は君専任というわけではなかったし」

うなずきながら思い出す。

双子騎士のオリバーとジェームズは、あくまでもアイの護衛騎士だ。

ふたりいる上に私とアイはいつも近くにいるから、ついでに私も守ってもらっているだけで、決して私の騎士というわけではない。

「と言いましても……」

私は首をかしげた。

「今はアイのおかげでとても平和ですし、この国で一番お強いユーリ様も私のそばにいますから、あまり必要性を感じないのですけれど……」

私の言葉に、一瞬ユーリ様がふふっと嬉しそうに顔をほころばせる。

けれどすぐに表情を正して、ごほんと咳払《せき》いをした。

「確かに今は平和だが、完全なる平和が訪れたわけではないと思っている」

「完全なる平和……」

その言葉に、私は先日開催された祝賀会を思い出していた。

先日の祝賀会にはマキウス王国の貴族たちが集まり、錚々《そうそう》たる面子《メンツ》が揃っていたと思う。

けれどその場にいる全員が友好的だったかというと、実はそうでもない。

特にサクラ太后陛下の長男であるラウル殿下、こと、現エーメリー公爵がその筆頭だ。

彼は王位争奪戦に敗れ、自分が就く予定だった玉座をユーリ様に奪われたのがよっぽど気に食わなかったらしい。

会うたびに冷ややかな視線を投げつけられるし、祝賀会も体調不良を理由に欠席して、サクラ太后陛下が代わりにユーリ様に謝っていたくらいだもの。

だからといって、彼が今さら王位を簒奪《さんだつ》しようとしたり、私に危害を加えたりというのは想像しにくいのだけれど……。

私がそう考えているのを、ユーリ様も読み取ったのだろう。

「万が一、だ。元々君には護衛をつけようと思っていたし、そこへ折よくリリアン嬢からの志願があってね。デイル伯爵によれば、彼女はかなり腕が立つそうだ」

ユーリ様の言葉に、マクシミリアン様がうやうやしく頭を下げる。

「リリアンの騎士としての腕は私が保証しますよ。それにアイ王女殿下も、近くにいかめしい男性が増えるよりは、女性の方が親しみやすいのではないかと思いまして」

その言葉に、私は考え込んだ。

確かに、一理あるわ。既に男性騎士がふたりもいる中に、もうひとり男性騎士が加わったら、一気に威圧感が増すだろう。アイも、もしかしたら怯えるかもしれない。

けれど一見すると全然騎士には見えない、むしろたおやかなリリアン様だったら、そういう懸念はなくなる。

そう考えると悪い話ではないかもしれないわね……。

私が悩んでいると、カチャリと鎧の音を響かせながら、リリアン様が進み出た。

その顔には優しげな笑みが浮かんでおり、鎧を着ていなければとても騎士とは思えないほど美しく可憐だ。

「突然の志願で、エデリーン王妃陛下もさぞ驚かれたでしょう。わたくしの腕にも不安があるはず。よければ今から稽古場に行って、わたくしの剣を確認してみませんか？」

「稽古場に？」

リリアン様の提案に、私は目を丸くした。

というのも、実はちょっと興味があるの。

こんなに美しい見た目の女性がどんな風に戦うか、想像ができないんだもの。

それに鎧は体型に合わせた特注のようだけれど、彼女の豊かな胸も邪魔にならないようしっかり潰されていて、なんていうのかしら……本気度を感じるのよね。

「ええ。ぜひわたくしの剣を見ていただき……そして、願わくばユーリ国王陛下と剣を交えてみたく思いますわ」

「私と?」

今度はユーリ様が目を丸くする番だった。

「構わないが、剣の場は皆真剣だ。女性だからといって手加減などできないが」

「望むところです」

にっこりと微笑んだ様子からして、相当自信があるらしい。

その頃には私も好奇心でうずうずとし始めていた。

「私、ぜひ見てみたいですわユーリ様」

「エデリーンがそう言うのなら構わないが……それなら稽古場に移動しようか」

「あっユーリ様。アイを呼んでもいいでしょうか？　きっとあの子も見たがりますもの」

今頃アイは、三侍女たちに慰められながら部屋でふてくされているだろう。それとも案外、けろりとして違うことで遊んでいるかもしれない。

どちらにせよ、アイはユーリ様の稽古を見るのが好きなのだ。今回も連れていけば、きっと喜ぶはず。

「もちろんだとも」

ユーリ様の返事に、私は嬉々《きき》としてアイを呼びに行った。


「しゃむ〜〜〜い!!!」

そう言ったアイの口から、ほわわわっと白い息が漏れる。

新年を迎えたばかりのマキウス王国は冬真っ最中で、頬で感じる空気はピリリとして冷たい。王城のあちこちも、まだ白銀に輝く雪に包まれている。

その中でも稽古場だけは雪かきがされ、ある程度動けるように整備されていた。

「風邪を引かないよう、これを巻いておきましょうね」

言いながら私は、白い毛皮でできた襟巻きをアイに巻きつけた。元々もこもこしたコートを着ていたのに、さらにもふもふの襟巻きを巻かれたアイは、まるで歩く雪だるまのようになっている。

――あの後アイは、ユーリ様に編み込みを見てもらって、さらに稽古場に連れてきてもらったのもあって、すっかりご機嫌に戻っていた。

丸い手袋をはめた両手をぶんぶん振り上げながら、興奮したように言う。

「おそと！　パパおけいこするの!?」

「ええそうよ。今からパパと女騎士さんが、稽古試合をするの」

「けいこじあい！　……ってなに？」

まだ単語の意味まではわかっていないのだろう。

アイが首をかしげていると、ザッという足音とともにユーリ様の声が聞こえた。

「ふたりで戦うことだよ。……待たせたね、アイ、エデリーン」

「いえ、大丈夫ですわ――って、ユーリ様その恰好寒くありませんの!?」

顔を上げた私は、思わず叫んでいた。

お日様が出ているとはいえこの寒い中、ユーリ様が着ていたのは、春夏頃によく見かけるごくごく簡素な騎士服だった。その身には、上着であるジャケットも羽織られていない。

私の声に、ユーリ様が「ああ」となんでもなさそうに言う。

「このぐらいの寒さはどうということない。むしろちょうどいいよ」

「訓練で動き回っているうちに、体があたたまるんですわ」

そう言いながら後ろからやってきたのは、リリアン様だ。

彼女は上着を羽織っているものの、やはり鎧はなく軽装。けれどその顔に寒そうな様子は微塵《みじん》もなく、美しい笑みを浮かべている。

すごいわね……！　私なんて寒くてこんなに着込んでいるのに！　さすが騎士だわ！

感心しながらも、見ているだけで寒くなってしまって、私はぶるっと震えた。それに気づいたアイが、にこにこしながら私の脚に抱きつく。

「ママ、さむいの？　アイがぎゅーしてあっためてあげるね」

ああっ！　がわいい……！

突然の不意打ちに一瞬声が出そうになって、あわててゴホンゴホンと咳払いする。

……でも残念ながら、顔の方はにやけてしまったの。リリアン様が目を丸くしてこちらを見ていたから、私は気まずさを打ち払うために再度何回か咳払いしてみせる。

「ママ、おかぜひいちゃった？ だいじょうぶ？」

言いながら、またアイがこてんと私の方に頭を寄せて見上げてくる。

ううっ。そんな仕草も本当に可愛い……！

これは風邪じゃなくてごまかすための咳だから大丈夫よ……とは言えなくて、私はぎゅっとアイを抱きしめた。

そのまますりすりと頬ずりしていると、いつの間にか王宮料理人兼、ユーリ様の近衛騎士であるハロルドがそばにやってきていたらしい。

稽古場の真ん中に向かって歩き出すユーリ様とリリアン様とは反対に、ハロルドはその場に残ってアイに話しかけた。

「姫さん、見てな。今はまだだが……そのうちユーリたちから湯気が出るぞ」

「ゆげ？」

その言葉に、アイが大きな目をぱちくりとさせる。

「そう、湯気だ。外は寒いからな。ちょーっと激しい運動をすれば、すぐにユーリが湯気でほっかほかになるぞ」

「ほっかほか？ パパ、ほっかほかになっちゃうの？」

〝ほかほか〟という単語に、アイがハロルドの方を向いた。すかさずハロルドが、アイのそばにしゃがみ込んで楽しそうにケケケと笑う。

「今、息をハァーッてすると白いのが出るだろ？ あれがユーリの全身から出て、ほかほかになって、まるでオーラみたいになる」

その言葉に、アイの瞳がカッと光った。

「ほかほか!! おーら!! アイ、ほかほかおーらみたい!!」

「よし、なら姫さんは特等席から観戦するか」

言うなり、ハロルドがガッとアイを抱え上げる。

「ちょっ……！」

そして私が止める間もなく、腕を上げながらくるりとアイの向きを変えたかと思うと、自分の肩にぽんと乗せたのだ。

いわゆる肩車というものだけれど、見ている私はかなりハラハラしたわ……！

「たかぁーい！」

一方アイは、ハロルドの髪を摑《つか》みながら楽しそうな声を上げている。

「ここからユーリを応援してやれば、もっと喜ぶぞぉ」

「パパ〜!! がんばって〜!!」

アイが元気いっぱいの声で叫ぶと、準備をしていたユーリ様がこちらを向いた。それから硬かった表情が、へにゃりと崩れる。その顔はデレデレして、心底嬉しそうだ。

「おいおい、あんなだらしない顔しててていいのか。負けても知らねーぞ」

そんなハロルドに一歩近づき、私は先ほどからずっと気になっていたことを聞いた。

「リリアン様ってやっぱりお強いんですの？」

「さあ、さっぱり知らん。でも推薦者のなんちゃら伯爵によれば」

「デイル伯爵ね」

「そうそう、その伯爵によれば強いらしいんだが、何せ急に現れたからな。鎧をちゃんと持っているってことは、嘘《うそ》じゃないんだろうけど」

同じ騎士であるハロルドなら何か知っているかと思って聞いてみたけれど、どうやら彼も知らないらしい。それもそうよね。ハロルドの言う通り、本当に彗星《すいせい》のように突然現れたんだもの。

「でもまあ、どのみちすぐわかるだろ。……ほら、始まるぞ」

ハロルドが指さす前では、ユーリ様とリリアン様が剣を構えていた。

ユーリ様は太く大きなロングソードを、それに対してリリアン様は、レイピアのような細い剣を構えている。

私はあわてた。

「あの……本物の剣を使うんですの⁉　木剣ではなく⁉」

「何ぬるいこと言っているんだ。稽古とはいえ試合なんだからそれくらいやるだろう」

「ですが、あんな大きな剣を受けたら、リリアン様の剣は折れてしまうのでは……⁉」

「まあ見てなって」

不安がる私をよそに、ハロルドがクイッと顎で前をしゃくってみせた。そこでは、今まさにユーリ様とリリアン様の稽古試合が始まろうとしていた。

試合開始の合図と同時に、グォッとユーリ様の剣が振り上げられ、リリアン様めがけて容赦なく叩き込まれる。

「きゃっ！」

思わず見ている私が、目を覆いそうになった。剣を振り上げたユーリ様の瞳は今まで見たことがないほど鋭く、怖いくらいだったのよ。

けれど次の瞬間、ギィィィン！ という刃と刃がぶつかり合う音がしたかと思うと、すぐさまシューッと刃が滑る音がして、リリアン様がユーリ様の刃を横に流していた。

「へぇ！ あの女騎士、やるね。真正面からぶつかったら即試合終了だと思ったが、受け流したのか」

「うけながし！」

ハロルドの髪を掴んだままのアイが、興奮したように叫ぶ。

その後もふたりは、私たちが見ている前でキン、キン、キン、と何度も刃から火花を散らした。

ユーリ様が大きな振りで攻撃を仕掛ければ、リリアン様がそれをするりと受け流し、反転して突き攻撃に転じる。けれどユーリ様も負けておらず、俊敏な動きでそれを素早くかわすのだ。

「確かにあの女騎士、なかなかやるようだな。力だと敵《かな》わないってわかってるからか、受け流しに徹底している。掴みどころがない、ナマズみたいにぬるぬるした動きをしてやがる」

「なまず……」

「だが、だんだん押されてきたようだな。ユーリが息ひとつ切らしていないのに対して、女の方は少し息が乱れてきている。……ほら、今足元がふらついただろう。技術はあるが、体力がまだ追いついていないのかもしれないな」

見ればハロルドの解説通り、リリアン様の額には汗が浮かび始めていた。動きもユーリ様の攻撃を受けるのに必死なようで、反撃の手が止まっている。

「そろそろ決着がつくぞ、見てな。……いち、にい、さん」

キィン!

まるでハロルドの言葉に合わせるように、リリアン様のレイピアが宙を飛んだ。力強いユーリ様の剣に、はじき飛ばされたのだ。

はぁはぁと荒い息をついて、リリアン様ががくりとその場に片膝をつく。

「私の負けです……! さすがユーリ国王陛下ですわ」

「君もなかなかの腕前だった。デイル伯爵の言葉に、嘘はなかったようだな」

「陛下にお褒めいただけるなんて光栄ですわ。幼少の頃より、陛下の評判を聞いて、ずっと憧れていたんです……!」

言いながらまた、リリアン様は祝賀会の時に見せたような熱っぽい微笑みを浮かべてユーリ様を見ていた。

ははぁ、なるほど。

その顔に、私はひとり納得がいったように目を細めていた。

祝賀会の時にやたら見つめているなと思っていたのだけれど、彼女はそんな昔からユーリ様を慕っていたのね。いわばユーリ様は、リリアン様にとっての憧れの人。

それなら確かに、あんな熱っぽい表情になるのも仕方がないわね。いえ、不作法であることに変わりはないのだけれど、少し納得がいったというか……。

「パパすごーい!! かったね!!」

地面に降ろされたアイが、両手を広げてユーリ様のもとにトタタと走っていく。それを軽々と受け止めたユーリ様が、満面の笑みでアイを抱き上げた。

「アイの応援のおかげで勝てたよ。ありがとう」

「パパ、ゆげは？　ゆげはどこ？」

「……ん？　ゆげ？」

湯気という言葉にきょとんとするユーリ様に、ニヤニヤ顔のハロルドが近づいていく。

「姫さんは、お前の全身から湯気が出ているのが見たいってよ」

「ゆげ、でるんでしょう！　おーら、でるんでしょう⁉」

言いながらアイが、期待に満ちた目でユーリ様を見つめる。反対にユーリ様は、少したじろいだ顔になった。

「湯気、は……出るは出るが……もっと激しい運動をしないと、まだ……」

「ゆげ、でないの……？」

途端に、アイの眉がしょんぼりと下がる。それを見たユーリ様があわてた。

「いや、で、出るぞ！　今からもっと運動をすれば、出る！」

「ほんとう⁉　おーらも、でる⁉」

「オーラ……⁉　どこからそんな言葉を……」

言いながらユーリ様はそばを見回し、隠れて笑っていたハロルドを見つけた。

「……ハロルド、お前か」

「くくっ。いや、別に嘘はついてないだろ？」

「嘘はついていないが……わかった。こうなったら、湯気が出るまで訓練しよう。ハロルド、もちろんお前もだぞ」

「ええっ⁉ 俺も⁉」

――そうしてユーリ様とハロルドは、きらきらした瞳のアイが見つめる前で、ふたり揃って湯気が出るまで訓練を続けたのだった。

「すごーい！ パパもなべのおじちゃんも、ほっかほかだねぇ！」

そんな、アイの言葉とともに。

第二章　私の護衛騎士

◇◇サキュバス・キンセンカ（リリアン）◇◇

「わかりましたわ。リリアン様――いえ、リリアン。あなたに、私の護衛騎士となることを命じます」

言いながら、王妃エデリーンがわたくしに微笑む。

聖女アイの母親役である彼女は、滑らかな金髪に透き通る水色の瞳をしていた。品のある佇まいに、瑞々しさを放つ美貌。若いながらも凜《りん》とした空気を持つ王妃は、けれど聖女アイと話す時だけ、ふわりと表情がやわらかくなる。

「ありがたき幸せ。心より仕えさせていただきますわ」

わたくしは標的のひとりである王妃を見つめたまま、うやうやしく頭を下げた。顔が見えなくなるのをいいことに、にやりと笑いながら。

……ふふ。王妃様、どうかわたくしを恨まないでね。

あなたに恨みはないけれど、王妃は聖女アイの守護者。聖女の力を無効化するために、まずはあなたがた夫婦の絆《きずな》を裂かなければいけないのよ。

以前魅了した男がぺらぺらと教えてくれたのだけれど、人間の世界には『将を射《い》んと欲すればまず馬を射よ』という言葉があるのでしょう？　ならわたくしも、その策を利用させてもらうわ。

そんなわたくしの企《たくら》みにも気づかず、一番の標的である国王ユーリの声が降ってくる。

「ではリリアンは、着替えが終わったら係の者のところに来るように。護衛騎士となるなら専用の部屋も与えられる。すべて担当の女官が説明してくれるはずだ」

「かしこまりました」

返事をしてから、わたくしはとびきりの微笑みを浮かべて顔を上げた。男なら誰でも見とれさせてきた、わたくし自慢の蠱惑《こわく》の笑みだ。

矛先はもちろん、国王ユーリ。

……けれど彼は、わたくしと目が合うか合わないかのタイミングで、既にもうわたくしから視線をはずしていた。

「エデリーン、君が快諾してくれてよかった。これで私も、安心して執務に集中できる」

そう言って国王ユーリが見ているのは、妻である王妃エデリーンだ。

「ユーリ様ったら本当に心配性ですのね」

「そ、そうだろうか？　普通だと思うのだが」

「でもそれで安心してもらえるのなら、お安いことですわ」

言って、王妃エデリーンはふふっと微笑んだ。その顔は呆《あき》れながらも、どこか嬉しそうだった。

まだ恥じらいの残る初々しい笑みに、国王は王妃以上に嬉しそうに顔をほころばせている。

……はた目から見ていると、このふたりは本当に仲がいいのね。というよりも、国王が王妃にべた惚《ぼ》れなのかしら？

わたくしは気づかれない程度に目を細めた。

国王ユーリは、黙っていればかなりの威圧感がある男前だ。にもかかわらず、今はニコニコとしすぎて威厳なんて微塵も感じられない。

最初見た時は、「この様子なら秒でわたくしの瞳に魅了されるわね」なんて思っていたのだけれど……意外なことに、そうはならなかったのよ。

わたくしは、国王夫妻と最初に会った日のことを思い出していた。


その日は祝賀会という名の舞踏会だった。

主様の命を受けたわたくしは、すぐさまマキウス王国に侵入して任務を開始していたの。

わたくしは男と目を合わせるだけで魅了をかけられるから、王宮の出入りを監視し、会った男を片っ端から魅了していけば、すぐにみんなぺらぺらと話してくれる。

その中から王妃エデリーンと因縁があるデイル伯爵マクシミリアンの話を聞き出し、彼の家に乗り込んでまんまと彼をわたくしの支配下に置いた。そして、マクシミリアンの遠縁として祝賀会に潜入したのよ。

当日はわたくしの美貌に、会場中が酔いしれていた。特別強い魅了魔法を使わずとも、性別関係なく皆の視線がわたくしに釘《くぎ》づけになり、それは王妃エデリーンだって例外ではなかった。わたくしを見た彼女の瞳には、確かに感嘆の色が浮かんでいたんだもの。

なのに……国王ユーリだけが、私に見向きもしなかったのよ。

挨拶の時に一瞬、間違いなく目は合った。

にもかかわらず、彼はわたくしの美しさに見とれて魅了されることもなく、称賛することもなく、何事もなかったかのようにサッと視線をマクシミリアンに戻してしまったのよ！

そんなことは初めてだったから、一瞬何が起きたのかわからなくてわたくしは呆然《ぼうぜん》としてしまった。あわてて自慢の微笑みを強めてみたけれど、国王ユーリはそれにも無反応。

それどころかわたくしより、マクシミリアンを見ている時間が長かったくらいなのよ。

……なんたる屈辱！　一体、どうなっているの⁉

わたくしはその日帰った後、マクシミリアンに八つ当たりをしながら試しに彼を魅了してみた。

普段はわけあって魅了を解いているのだけれど、改めて彼の瞳を見つめた瞬間、マクシミリアンはすぐさま心の扉を開き、わたくしのしもべになった。

わたくしにぶたれても踏まれても、顔にはとろけた笑みを浮かべるだけ。

……でもこれが普通の反応なのよ。わたくしはサキュバス。術のかかりに差はあれど、目が合った男は皆こういう反応になるのが自然なの。

なのに！

……それからわたくしはこう考えたわ。

あの男は腐っても国王。

つまり——何か特別な加護を受けているのかもしれない、と。

聖女だけが使える力があると聞くもの。父親である国王に、何か加護を授けていたって不思議ではない。

だからわたくしは手を変えることにしたの。

ただの令嬢として国王に近づくには、限界がある。それよりも国王ユーリと王妃エデリーン両方に近づける最良の手段――王妃の護衛騎士になることにしたの。
あの男は軍人王で、一時期剣にしか興味がなかったとマクシミリアンが言っていたから、ただの令嬢よりもそちらの方が興味を引くだろうと思ったのよ。

とはいっても、さっきは本当に疲れたわ……。

稽古試合を思い出しながら、わたくしはまだジンジンする手をぎゅっと握った。

私は魔族だから人間どもに比べたらよほど体は丈夫よ。それに魔力を総動員して腕利きの騎士を装うぐらい、わけないわ。

だけどあの男――ほんっっっっっっとうに容赦ないのね⁉

思い出してクワッと目を見開いた。

わたくしが魔族じゃなかったら、先ほどは血を見ていたわよ⁉　女性に対してなんて馬鹿力を発揮してくるのかしら！　……いえ、「手加減なしで来てくださいませ」と言ったのはわたくしだけれども、そういうことじゃないのよ。そこはうまいこと空気を読んでほしいというか！

「デイル伯爵とリリアン殿は先に戻っていてくれ。私はもう少し、家族とここに残る」

思い出して内心イライラしていると、わたくしのことはもう忘れたらしい国王が優しい瞳で聖女アイを見つめた。

鼻先を赤くした聖女が、ぴょこんとウサギのように跳ねる。

「やったあ！　じゃあパパ、ママ、みんなでゆきだるまつくろ！　なべのおじちゃんも！」

「よーし！　じゃあユーリ、どっちがでっかい雪だるまを作れるか競争だ！」

「それなら訓練場より庭に行こう。あっちの方は雪を残してあるだろう」

なんて言いながら、和気あいあいと移動していく。残されたわたくしに、王妃エデリーンが微笑んだ。

「リリアン。後ほどまたきちんと挨拶をさせてくれるかしら。あなたも汗をかいたでしょう。早めに着替えていらっしゃいな」

「お気遣いありがとうございます」

にこりと微笑むと、王妃エデリーンもうなずいて聖女たちの後をついていった。

彼らが十分に離れたのを確認してから、マクシミリアンがわたくしに小声で話しかけてくる。

「……これで君の要望通り、王宮に潜り込ませたぞ。後は任せていいんだな？」

「もちろんよ」

わたくしの使命は国王と王妃の仲を引き裂くこと。

一方マクシミリアンにも望みがあって、それは王妃エデリーンを手に入れること。わたくしがあえてマクシミリアンの魅了を解いたのは、利害が一致しているからだった。

「ならいいんだ」

ホッとした様子のマクシミリアンを、わたくしは冷めた目で見た。

……この男も本当に自分勝手ね。

一度は他の女に目が移り、自分から王妃エデリーンを捨てたにもかかわらず、人妻になった後でやり直したいだなんて。

これだから男は嫌いなのよ。

「それじゃ、わたくしは着替えてくるわ。説明とやらも受けてこないと」

マクシミリアンを置いて、わたくしはさっさと歩き出した。

——わたくしは上級サキュバス。

そんじょそこらの下級サキュバスと違って、視線を合わせるだけで男の精気を吸い取れ、支配下に置いて意のままに操れる。この国ではないけれど、かつてわたくしが〝悪女〟として振る舞った結果、滅びた国は今も歴史書に載っているわ。


けれどわたくしは男が嫌いだった。

大嫌いだった。


だって考えてみてちょうだい。若くて見目麗しい女が現れた途端、長年連れ添った女房を、恋人をあっさりと捨てて乗り換える男のどこに魅力を感じろというの？

今までどんなに愛を囁《ささや》いてきたところで、薄っぺらいと思わない？

だから、男はわたくしにとってエサであり、道具である以外の何物でもない。

さっさと着替えると、わたくしは王宮の指示された場所に向かって歩き出した。

コツコツと、ヒールブーツのかかとが王宮の磨き抜かれた床を打つ。

広くて長い廊下には、わたくし以外誰もいない。説明してくれる女官は……確かこの先の部屋だったわよね？

思い出しながら、わたくしが角を曲がろうとしたその時だった。

視界の端に小さな黒猫が映ったかと思った次の瞬間、間髪入れずに巨大な獅子《しし》が飛びかかってきたのだ。

「きゃあっ！」

咄嗟《とっさ》のことで反応が遅れ、わたくしはダン！　と容赦なく床に背中を打ちつけた。

そこへ、強くて重い衝撃とともに、巨大な黒い前脚がわたくしの胸に振り下ろされる。一瞬息が止まり、わたくしは叫び声を上げることすらできなかった。

「あんた、一体何しに来たわけ⁉︎」

グルルァァア！　という咆哮《ほうこう》とともに聞こえたのは、間違いない。上位魔物であるアネモネの声だ。

わたくしは目を開けて、自分にのしかかっている黒い獅子を見た。

人間の頭など一瞬で噛み砕けそうな巨大な顎と牙。金の瞳は鋭い光を放ってわたくしをにらんでおり、巨大な前脚から出た太い爪はわたくしの体に食い込んで、正直かなり痛い。

痛みにうめいていると、またもや咆哮が聞こえた。

「ちび聖女に手出ししたら、あんたとて容赦しないわよ！　おちびはあたいの獲物なんだから！」

まったく……何かと思ったら、アネモネじゃない。

自分の使命も忘れて聖女とよろしくやっているのは聞いていたけれど、ここまでだなんて。これだから子猫ちゃんはだめなのよ。

わたくしはふっと鼻で笑った。

「あら？　アネモネじゃない。全然音沙汰がないから、てっきり人間どもにやられたのかと思っていたけれど、案外元気そうね？」

煽《あお》るように言えば、アネモネがギッ！ と太い爪をわたくしに食い込ませた。

「あたいがやられるわけないでしょ！ ひ弱なあんたとは違うのよ。あとあたいはアネモネじゃなくて、ショコラよ！」

言って、また前脚に力が込められる。

途端に胸にかかった重い圧力に、ゲホッと咳が漏れた。

くっ……。アネモネめ、獅子の姿をしているだけあって、力ではとてもかなわないのよね。しかも上位魔族だしメスだから、サキュバスの魅了魔法も効かない。腹が立つけれど、ここは挑発せずに穏便に話し合いといこうじゃないの。

「わかったわよ、アネモネ――じゃなくてショコラ。でも、そもそもあなたが主様に連絡をしないのが悪いのよ？ 先ほど見たけれど、聖女アイだってぴんぴんしているわよね？」

私の指摘に、ショコラがうぐっと言葉に詰まる。

「そ、それはタイミングを見ているだけよ！ 聖女の周りってねえ、あんたが思っているよりずっと、守りが堅固なんだから！」

そう？ 逆にわたくしは、思っていたよりずっと手薄だと感じたけれど？

現にこうしてショコラが侵入して居座っている上に、わたくしだってやすやすと中に入れたんだもの。それも護衛騎士という、聖女アイや王妃エデリーンに一番近い位置に。

――聖女の力がどれほどかはわからないけれど、この国の者たちは過信しすぎではなくて？

そう思ったけれど、わたくしは口には出さなかった。だってそんなことを言ってショコラを煽ってもしょうがないんだもの。

あの巨大な猫パンチは、わたくしの頭ぐらい簡単に吹っ飛ばす威力を持っている。魔族は人間より丈夫にできているとはいえ、さすがのわたくしも頭と胴体が離れたら生きていけないわ。

煽る代わりに、わたくしはなだめるような優しい声音で言った。

「そうね。だからわたくしが送り込まれてきたのよ。といってもわたくしは、あなたも知っての通りひ弱でしょう？　だからあなたの補佐役兼連絡役だと思ってくれればいいわ」

「ふぅん……補佐役」

「わたくしがあなたの仕事を奪うわけないじゃない。ううん、奪えるわけないわ。わたくしよりあなたの方が強いって、みんな知っているじゃない」

「ならいいけど……」

控えめな返事とともに、胸にかかっていた圧が弱くなる。わたくしは内心笑った。

ふふっ。これだから子猫ちゃんはちょろいのよ。ちょーっとおだててあげればすぐに手を離しちゃうなんて、本当にお子様なんだから。

「とにかく！　くれぐれもちび聖女はあたいの獲物だってこと、忘れないでよね！　変なことをしたら、あんたでも許さない。あたいの爪でズタズタになりたくなかったら、大人しくしているのよ！」

目の前でガゥッ！　と吠《ほ》えられて、わたくしはわざとらしく大きくうなずいてみせた。

「安心してちょうだい。聖女に手出ししたりなんかしないわ。わたくしはあくまであなたの補佐だし、非力な私じゃ聖女を殺せないことぐらい、わかるでしょう？」

……そう。心配しなくても、わたくしは聖女アイには何もしないわ。

だって狙いは、聖女アイの保護者である国王夫妻だもの。

わたくしがわざわざ聖女に手をかけなくったって、両親の仲がズタズタになれば聖女もただではいられない。絶望を突きつけられれば、聖女の力も失われる。

そう考えると人間って本当、強い力を持つ割にはもろいわよね。

先代の聖女だってあんなに強い力を持っていたのに、夫である国王の愛を失った瞬間、見る間に力を失ってしまったんだもの。

わたくしが媚《こ》びるように見上げれば、ショコラは「それもそうね……」と目を細めた。

まったく。わかったのなら、さっさとその重い前脚をどかしてくれないかしら？

なんて考えていると、廊下の遠くから高い声が聞こえてくる。

あの声は……聖女アイね。

「しょこらー？　どこにいるのー？」

「にゃおぉ～ん」

その瞬間、ショコラの耳がぴくりと動いたかと思うと、ぽんっ！　とはじけるような音がして、獅子の姿が消えた。

かわりにシュタッと現れたのは、まるまるころころした黒猫。――ショコラの仮の姿だ。

「にゃお～ん、にゃお～ん」

その甘ったるい声を聞いて、わたくしは思わず眉をひそめた。

ちょっと、やだ！　何よその鳴き声！

完全に語尾にハートがついちゃっているじゃない！

だというのに、ショコラはわたくしの存在など忘れたかのように恥ずかしげもなくにゃおんにゃおん鳴いたかと思うと、たっかたったかと声が聞こえてきた方に走っていく。

その後ろ姿に、わたくしははぁとため息をついた。

まったく、本当にだらしないわね……。揶揄《やゆ》するまでもなく、あんなのどこからどう見てもただの可愛い子猫ちゃんじゃない。

私はルンルンで走り去っていくショコラの後ろ姿を見ながら、服についた埃を落とす。

それから気を取り直して、指定された部屋へと向かった。

「あっ。こんにちは！　あなたがリリアン？」

ガチャリとドアを開けた先に待っていたのは、机の上の地図——王宮の地図のようね——を覗き込んでいた赤毛の侍女だ。

彼女はわたくしに気づくとぱっと顔を上げた。その拍子にぴょこんと揺れる赤毛の三つ編みに、お揃いの色の瞳。年の頃は一〇代後半かしら？　小柄な侍女だった。

「ええ、わたくしがリリアンですわ。あなたは？」

「私はアンよ！　エデリーン様とアイ様付きの侍女のうちのひとり。本当は他にもいるんだけど、ラナとイブは今おふたりについているから、今日は私が説明するね！」

ラナとイブ……。そういえばさっきも王妃や聖女たちの後ろに、桃色と黄色の髪をした侍女がくっついていたわね。彼女たちのことかしら？

考えていると、はきはきとした様子でアンが手を差し出してくる。

「同じエデリーン様付き同士、仲良くしましょうね！」

「ええ。こちらこそよろしくお願いいたしますわ」

私は微笑みを浮かべて、にこやかに握手を交わした。

マクシミリアンから王妃に関することは聞いているとはいえ、まだまだ知らないことも多い。国王ユーリを堕《お》とすまでは、彼女たちにも情報を教えてもらえるよう、しっかり仲良くしておかないとね。

わたくしの友好的な態度に安心したのか、アンは早くもぺらぺらと喋り始めた。

「いやーそれにしても聞いた時はびっくりしちゃった！　まさか女騎士だなんて！　あなた、デイル伯爵様の遠縁って言っていたわよね？　小さい頃はどこに住んでいたの？」

「小さい頃は田舎《いなか》に住んでいましたのよ。家も裕福ではなくて」

わたくしは用意してきたシナリオを滑らかに語った。アンはといえば素直な人物らしく、微塵も疑うことなくふんふんとうなずきながら聞いている。

「そうなんだ!?　それにしては喋り方がずいぶん優雅というか、気品があるよね？　あたしも一応伯爵令嬢なんだけど、聞いての通り口調がはすっぱすぎて、お母様によく怒られているのに」

思わぬ突っ込みを入れられてギクリとする。

この喋り方は前回――といってももう数百年前になるんだけれど――とある王朝に忍び込んだ時に使っていた口調なのよ。わたくしの見た目と相まって一番しっくりなじむから使っているのだけれど、もう少し砕けた口調にすべきだったかしら？　でももう手遅れよね……。

「わ……わたくしのお母様のおかげですわ。どんなに家が貧しくとも、品だけは身に付けるようにと、嗜《たしな》みを叩き込まれましたのよ」

おほほほ、と笑うと、アンがきらきらと目を輝かせた。

「はぁーっ！ 偉いなあ！ あたしのお母様が聞いたらきっと、『あなたも見習いなさい！』って言われちゃうよ」

そこまでしみじみと言ったアンが、急にはっとした顔になる。

「あ、いっけない。本題を話さないといけないいんだった。ごめんねお喋りばっかりで！ あたしよくうるさいって怒られるんだよねえ」

何が楽しいのか、自分でケタケタと笑いながら、アンは机の上に載せられた地図を指さした。

「本当は騎士たちの宿舎は別にあるんだけど、あなた女の子でしょ？ だからあたしたち三侍女の隣に部屋を作ってもらったの。剣とか鎧とかも、上に許可をもらって部屋に置いてもらえるようにしたけど、くれぐれも盗難には注意してね！ ま、このお城は治安がいいからそんなことはないけど、念のためよ念のため！」

言いながら、アンが地図の上でサッサッサッと指を滑らせていく。

「それから主であるエデリーン様、アイ様、ユーリ様のお部屋はここよ。あなたも護衛騎士なら何度も行くことになると思う。後で一度全部の部屋を案内するけど、大体の位置も覚えておいて」

その場所を見て、私はふぅん？ と首をかしげる。

「わたくしの部屋は、エデリーン王妃陛下の部屋からは離れているのね？ これじゃ夜間何かあった時に、駆けつけられないのではなくって？」

てっきり護衛騎士ならもう少し近くの部屋を与えられるのかと思っていたけれど、意外にも宿舎は他の侍女たちと同じだ。

「大丈夫、大丈夫。夜間は専門の騎士たちが守っているから。護衛騎士だって、睡眠はしっかりとらないと守れる時に守れなくなるでしょ？　それから、あなたの支給品についてなんだけど――」

その後もアンは、わたくしに色々なことを説明してくれた。それをひとつひとつ覚えていると、突然部屋の扉がノックされ、ひとりの人物が入ってくる。

「あっ、ホートリー大神官様！」

言って、すぐさまアンが、サッと頭を下げた。わたくしも真似《まね》をして挨拶した後、ちらっ……と顔を上げて、目の前の人物を見る。

〝ホートリー大神官〟の名前は、以前マクシミリアンが言っていたわね。

国王一家と一番仲が良い神官だと。

それにしても……思っていたよりもずいぶん穏やかな外見をしているのね？

つるんとした頭に、逆にふさふさな眉と口ひげ。細い糸目はのほほんと垂れ下がっており、体も小柄でなんというか……『人畜無害《じんちくむがい》』を絵に描いたような人物だ。

大神官というからにはもっと厳《いか》めしい人物を想像していたのだけれど、拍子抜けするほど穏やかな雰囲気に、わたくしは目を細めた。

「ほっほ。おふたりともそんなにかしこまらなくても大丈夫ですよ。顔を上げてください」

「大神官様がどうしてこちらに？　何かお探しですか？」

言いながらアンが部屋の中を見渡す。

この部屋は、豪華ながら特になんの役目も持たない一室だ。辺りに置かれているのは机に椅子、それに花瓶などといった変哲のないものばかり。こうして女官たちが一時的に立ち寄ることはあれど、大神官が必要そうなものは一見なさそうに見える。

「いえ、ちょっと気になる気配を感じましてね……それにつられてふらふらとやってきましたら、この部屋にたどり着いたというわけでして」

言いながら、ホッホッホと朗らかな声を上げて大神官が笑う。

「気になる気配……ですか？」

アンが不思議そうに聞き返す。一方わたくしは、穏やかに微笑みながらも、内心では少し焦っていた。

ねえ、ちょっと待って。気になる気配って……この男、まさかわたくしのことを言っているとでもいうの……？

でも、そんなわけないわよね？ わたくしの擬態は完璧。魔力はすべて体内に隠しているし、今まで神官相手にだってバレたことなんかないのよ。

そこまで思い出して、わたくしはその考えを振り払った。

……いいえ、大丈夫よ。たとえ正体がバレたところで関係ない。

だって大神官とて男。

今までわたくしの魅了魔法にかからなかった大神官はいなかったんだもの。過去にわたくしの傀《かい》儡《らい》となった神官がどれほどいたか、数えるのも面倒なくらい。

そうよ。怯えることはない。心配なら先手必勝で、魅了してしまえばいいのよ。

わたくしは深呼吸をして気を取り直すと、バッとホートリー大神官を見た。

ふふ、瞳さえ見てしまえば、こちらのものよ！

そう強気に視線を向けた先で、わたくしは信じられないものを見た。

——先ほどまで糸のように薄く細かった大神官の目が、カッと開眼していたのだ。

どこまでも透き通る、そしてすべてを見透かすような青い瞳が、信じられぬほどの強い光を伴ってまっすぐわたくしを見つめている。

それは神の威光すら感じさせる瞳だった。

実際、大神官の体はうっすらと白い光をまとっていたの。

「あ……！」

あまりのことに、思わずわたくしは一歩後ずさりした。

その拍子にジュッ、と指先が焦げる感覚がして、あやうく叫び声が出るところだった。

——だめ。このままでは浄化されてしまう。

そう思った瞬間、稲妻に打たれたように、感じたことのない恐怖が全身を駆け巡った。

先ほどショコラに踏み潰されていた時以上の重圧が、わたくしの気道をふさいでいる。ちりちりと身を焼く強い光に、わたくしはあえぐように口を動かした。

本能が『この男《大神官》は危険だ』と、全力で警報を鳴らしている。

わたくしは暴れる心臓をなんとか押さえつけ、渾身《こんしん》の力を振り絞って、パッと大神官から視線をはずす。

途端に苦しかった息が楽になり、ようやくぜっぜと荒い呼吸を繰り返せるようになった。

どうやら、気づかないうちに息も止まっていたらしい。

「り、リリアン⁉　どうしたの⁉」

異変に気づいたアンが、心配そうに声をかけてくる。

「おやおや、大丈夫ですかな、お嬢さん」

おっとりした声を響かせて、大神官もわたくしの顔を覗き込んでくる。だがその気配すら怖く、わたくしはあわてて大神官の視線を遮るように手を上げた。

「だ、大丈夫ですわ。先ほどユーリ陛下と稽古試合をしていましたから、その疲れが今になって出たのかもしれません」

「そうなの？ 無理しないで少し休んだら？」

「これくらいなんてこと……！」

言いながらも、まだ心臓がバクバクしている。

だって目の前のこの男――何が『人畜無害』よ！

そう考えた数分前の自分をひっぱたいてやりたいわ！ 人畜無害どころか真逆の有害無益《ゆうがいむえき》よ！

神官たちが神聖力を持つのは知っていたけれど、わたくしを怯えさせるほどだなんて、初めてだわ……！

それにあの男、先ほどの様子からしてわたくしの正体に気づいているわよね!? もしかしてこのまま、わたくしを浄化する気なの――？

考えて、ぞっとした。

そこに「ほっほ」という穏やかな声が響く。

「いやはや。威勢のいいお嬢さんでいらっしゃる。でも……もしかしたら、アイ様の新しい、よきお友達になってくれるやもしれませんなあ……うーむ。悩ましい」

え……？

考えていることが読めなくてちらっと見上げると、大神官はひげを撫《な》でながら何か考え込んでいた。途中で一瞬、細い瞳がまたこちらを向いた気がして、わたくしはあわてて顔を逸《そ》らす。

「ま、よいでしょう」

「ホートリー大神官様……？」

ひとりだけ状況を呑み込めていないアンの声に、大神官はまたほっほと笑った。

「いやはや。忙しいところをお邪魔してしまいましたな。私の探し物はもう終わりましたので、どうぞお気遣いなく。それではこれで失礼させていただきますぞ」

え……？　もしかして、見逃してくれたの？　それともわたくしの思い違いだっただけで、実は気づいていないの……？

「あ、はい！　お疲れ様でございます！」

「お嬢さんもどうぞ、お大事に」

そう微笑んだ大神官の顔は穏やかだったが、なぜかわたくしにはその細い瞳が一瞬きらりと光った気がした。

「……お気遣いありがとうございます」

軽やかな足取りで大神官が出ていった次の瞬間、わたくしはその場にずしゃりと崩れ落ちた。

……あまりの恐怖に、腰が抜けたのよ。

❖

その夜、わたくしは一晩中悪夢にうなされた。

夢では空一面を覆い尽くすほど巨大になった大神官が、「ほっほっほ」という笑い声を響かせながら、ずっとわたくしを追いかけてくるのだ。

サキュバスの力と翼を全開放してどこまで飛んでも、大神官は太陽のようにぴったりとくっついて離れない。

どこまでもどこまでも追いかけてくる大神官に、永遠に聞こえる「ほっほっほ」という笑い声。

わたくしは得体の知れない恐怖に、泣きながら逃げ続ける――という夢だった。

「初日だというのに、なんて最悪な夢見なの……」

言って、わたくしは目の前に立っていた衛兵を突き飛ばした。

わたくしに見つめられ、こんこんと精気を吸い取られた男がふらふらと廊下に崩れ落ちる。

昨夜の夢見があまりに悪すぎてひどい顔色になっていたから、急遽《きゅうきょ》その辺りにいた男で栄養を補給していたのよ。

本来ならわたくしは一か月に一度の補給で事足りるのに、ああ、予期せず男に触れてしまうだなんて気持ちが悪い……！　後でしっかり手を洗わないと。

そんなちょっとした事件があったことなど微塵も感じさせない顔で、わたくしは初の出仕を迎えた。

ドアをノックして王妃の部屋に入るなり、金髪をなびかせた王妃エデリーンがわたくしににこやかな微笑みを浮かべる。

「おはよう、リリアン。早速今日からね。昨夜はよく眠れたかしら？」

「はい、おかげさまで」

――本当は一晩中、「ほっほっほ」と笑う大神官に追いかけられて最悪でした、なんて言わない。

わたくしは微笑んでから、念のため部屋の中に視線を走らせた。

部屋にいるのは王妃エデリーンに、聖女アイ。それから昨日わたくしに説明してくれた侍女のアンと、アンが言っていたふたりの侍女。ラナとイブという名だったわね。

さらにふたり、双子と思われる騎士が立っている。彼らは恐らく、マクシミリアンが言っていた聖女アイの双子護衛ね。

……よかった。あの大神官はいない。

大神官ホートリーの不在に、わたくしは知らず詰めていた息をほっと漏らした。

一方の王妃エデリーンは、穏やかな顔で聖女アイの頭を撫でている。

「よかったわ。何かあったらすぐに言ってちょうだいね。せっかくご縁があって繋がった仲ですもの。仲良くしましょう」

その言葉に、わたくしは思わず目を細めた。

……ふぅん？　この王妃様は、ずいぶんと善人でいらっしゃるのね？

通常、王族にとっての護衛騎士など、ただの動く盾にしか過ぎない。

そもそも王族はいちいち使用人の名前など覚えたりしないいし、護衛騎士が彼らのために命を散らしたところで、「名誉の中で死ねてよかったでしょう？」としか言わない。

実際わたくしが後宮を乗っ取って女帝として振る舞っていた頃も、反逆の芽が出ていないか気にかける以外で、家来たちに気を配ったことなどない。

その上わたくし《リリアン》は、王妃エデリーンを捨てた元婚約者マクシミリアンの遠縁。さらに国王ユーリに何度も色目を使っているのを、王妃エデリーンも見たはずよね。

それなのに『仲良くしましょう』なんて……どれだけお人好《よ》しなのかしら。

それとも、偽善?

わたくしの瞳がきらりと輝く。

国王に色目を使ったわたくしに対し、あえて寛大な態度を見せることで、王妃としての器の大きさを示そうとしているのかしら?

……まあそっちの方が賢い選択と言えるわね。わたくしとしては、醜く嫉妬に駆られて取り乱してくれた方がありがたいのだけれど……。

わたくしが考えていると、王妃が聖女アイの背中をそっと押した。

「アイ、彼女はママの新しい騎士よ。ママのことを守ってくれるのですって。ご挨拶できるかしら?」

促されて、聖女アイが頬をピンクに染めながら前に進み出る。

今日聖女が着ているのは、全体が薄いクリーム色で、鮮やかな黄色の付け襟がついたドレスだ。胸元には襟と同じ素材で作られた大きなリボンがついており、ドレスの裾には、ウサギや花の刺繍が入っている。

聖女アイはドレスの裾をつまみ上げると、小さなお辞儀を披露した。

「……ごきげんよう。だいいちおうじょの、アイと、もうします」

鈴のように高くやわらかな声音。緊張気味ではあるものの、よどみなく言われた言葉は、なるほどこれが国民を虜《とりこ》にする聖女、と思えるほどの可憐さだ。後ろでは王妃エデリーンが、この上なく嬉しそうな顔でニコニコと微笑んでいる。

これが噂《うわさ》の、聖女アイね……。

わたくしは微笑みながらも、目の前の幼女をじっくりと観察した。

彼女は聖女だけあって、幼いながらもとても愛らしい顔立ちをしている。このまま順調に育てば、将来はさぞ美しい少女になるのでしょう。……育てば、だけれど。

「にゃあん」

そこへ、わたくしを牽制《けんせい》するように猫の鳴き声が響いた。

見れば聖女アイの足元に、ショコラが何食わぬ顔でまとわりついている。

けれどぱちりと合った金色の瞳は、確かに『ちび聖女に手を出したら、ただじゃおかないわよ！』と語っていた。

ふん、わかっているわよ。本当に子猫ちゃんもしつこいわね。

わたくしはその視線を受け流してから、なるべく優しく見えるよう、優雅な笑みを浮かべた。

「エデリーン王妃陛下の護衛となりました、リリアンでございます。以後お見知りおきを、聖女アイ様」

胸に手をかざし、スッと腰を曲げる騎士の挨拶をすると、聖女アイの瞳がきらきらと輝いた。

わたくしは今長い髪をポニーテールにし、騎士服を着ているから、はためからは男装の麗人に見えるのだろう。聖女アイの周りには、あまりいなかったタイプかもしれない。

「りりあんさまは、きしさま！　かっこいいねぇ！」

邪気なんてかけらも感じない、無垢《むく》な笑みで聖女アイがわたくしを褒める。

「お褒めにあずかりありがとうございます。アイ様も大変お可愛らしゅうございますね」

「おかわいらしゅう……？」

難しい言葉に首をかしげる聖女に、王妃が囁く。

「とても可愛い、という意味よ」

「かわいい……？　えへへっ」

聖女アイがぱっと顔を輝かせた。

大きな目が微笑みできゅっと細くなり、小さな顔いっぱいに、嬉しいような、照れたような愛らしい笑みが広がる。

周りにいた侍女や王妃も、釣られるようにニコニコとしていた。

特に王妃エデリーンは、顔がとろけたのかと思うほど目尻を下げている。

……上機嫌そうね。なら、今がチャンスかもしれないわ。

わたくしはここぞとばかりに、ゆっくりと大きな声で言った。

「わたくし、此度《こたび》はエデリーン王妃陛下に仕えることができて、大変光栄でございます」

その言葉に、王妃の微笑みがこちらに向けられる。

「そういえばあなたは、自分から護衛騎士に志願したとユーリ様から聞いたわ」

「はい」

胸に手を当て、精いっぱい誠実そうに見える笑みを浮かべて王妃エデリーンを見つめる。

わたくしの魅了は男にしか効果はないけれど、笑顔自体は、性別問わず人の心を溶かす武器になるのを知っていた。

わたくしは王妃エデリーンを口説くつもりで、言葉に力を込めた。

「実はわたくし、ずっとエデリーン陛下に憧れていたんです」

「私に？ ……ユーリ様ではなく？」

目を丸くする王妃に、にこりと笑ってみせる。

「もちろん、ユーリ陛下にも憧れております。けれどそれは騎士としての憧れ。ですが、エデリーン陛下に対しては女性として、人として憧れているのです」

「まあ、ありがとう。……といっても、私は王妃の地位にいるだけで、そんな大層な人間ではないのよ」

「いいえ、陛下は素晴らしい方ですわ」

熱っぽく言いながら、わたくしはぐいっと身を乗り出した。

「王都に来た時、わたくしは聞きました。聖女アイ様は召喚された直後、とても弱っていらしたのでしょう？ それをエデリーン陛下がかいがいしく世話をし、傷を癒したおかげで、今の健やかな姿があるのだとか。まさに聖母のごとき優しさだと、民たちの間で話題になっておりましたわ」

これは本当の話だ。

わたくしが王都に潜入した時、平民から貴族までさまざまな男たちを利用して聞き出したのだけれど、王妃エデリーンの評判はすこぶるよかったのよ。

一部、聖女じゃない者が王妃になっていることを不満に思っている人はいれど、それも彼女の父である侯爵に反発を覚えている側面が強い。

聖女アイがこの国の支えとなり信仰となっていることは間違いないけれど、王妃エデリーンも聖女と同じぐらい、民たちに愛されていたのだ。

わたくしの言葉とうるんだ瞳に、王妃が頬を赤らめる。

「大袈裟《おおげさ》よ。わたくしはただ、アイを放っておけなかっただけ。あなたもあの場にいたら、きっと同じことをするわ」

「そうでしょうか？　わたくしがその場にいても、きっとオロオロして陛下の指示を仰ぐことしかできませんでしたわ」

これも本音よ。だって子どもなんて、どう接したらいいかわからないんだもの。

わたくしは男は得意でも、魅了がかからない女と子どもは苦手なの。特に泣いている子どもは、主様に頼まれたって近づきたくないわね。

「ふふ、ありがとう。ならあなたの褒め言葉は、嬉しく受け取っておくわ」

照れながらも、王妃は微笑んだ。

……よし、悪くない反応ね。

「媚びるのはよしてちょうだい」と冷たくあしらわれる可能性も考えていたけれど、反応からして、もしかして本当に善良な人物なのかしら？　だとしたらその甘さにつけ込ませてもらうわ。

わたくしが企んでいると、王妃が「そうだ」と顔を上げた。

「そういえばリリアン。あなたには何か好きな食べ物はあるかしら？」

「好きな食べ物……ですか？」

……なぜ急にそんなことを？

「いえね、せっかくだからあなたを歓迎するために、内々だけのお茶会でも開こうと思って。あなたが主役なら、やっぱりあなたの好きなものを用意しなくちゃでしょう?」

その言葉に、わたくしは咄嗟に言葉が出なかった。

だってわたくしの……たかだか護衛騎士のために、王妃が直々にお茶会を開催するですって?

そんな話聞いたことがないわ。

しかも、なんの食べ物が好きかって?

わたくしの動揺に気づくことなく、王妃エデリーンが穏やかな顔で言う。

「あっ、けれどお茶会だからといって、別に甘いものでなくてもいいのよ? しょっぱいものでもすっぱいものでも、好きなものを用意させるわ」

追加された言葉に、わたくしはマキウス王国にやってきて一番困った。

だって——わたくしはサキュバス。

生命維持に繋がらない食べ物なんて、これっぽっちも興味がなかったのよ。

「好きな食べ物、は……」

想定外の質問に、わたくしは言葉を詰まらせる。

食べ物は、サキュバスであるわたくしにとってはなんの栄養にもならない。

そもそも食べ物自体、何を食べてもなんの味もしないのよ。

焼きたてのパンも、ほかほかの芋も、たっぷりの砂糖を使った菓子も、口に入ればすべて同じ、砂の味。

だから食事という行為自体が、わたくしにとっては苦行でしかなかった。

……まずいわ。何も名前が出てこない。

わたくしは焦りに、ごくりと唾を呑んだ。

生い立ちや国王ユーリのことに関してはシナリオを作ってきたけれど、好きな食べ物を聞かれるなんて完全に予想外だった。

……ええと、わたくしが昔違う王朝に侵入した時は、何を好物としていたかしら？

確か悪女らしく、甘くて高価な菓子を設定していた気がするのだけれど、それはこの国で今も食べられているのかしら？

必死に考えていると、何かを勘違いしたらしい王妃がにこやかに言う。

「遠慮しなくていいのよ。珍しいことかもしれないけれど、私の出身であるホーリー侯爵家では、使用人を歓迎するパーティーを開くのは珍しくないの。あなたは私の護衛騎士なんですもの。ぜひ歓迎させてちょうだい」

「ええ、と……」

その時、わたくしはピンとひらめいた。

そうだ。この場をごまかし、かつ王妃の同情を引けるうまいシナリオがあるじゃない。

「わたくし、食べられればなんでも好きですわ。だって食べ物があるだけで、ありがたいことですもの……」

わたくしが伏目がちに言えば、予想通り王妃エデリーンが目を丸くした。

「えっ？　それはどういう……」

心配そうな顔になった王妃に、わたくしは自慢の憂いを湛えた笑みを浮かべながら言う。

「わたくしはマクシミリアン様の遠縁といっても、家は既に没落済み。食べ物にも困るような生活が続いておりました。今回は生活のため危うく娼館《しょうかん》に売られそうになったので、あわててマクシミリアン様を頼って来たのです」

「まあ！　そうだったの⁉」

王妃はおろおろと、明らかに狼狽《ろうばい》していた。

「剣術を身に付けたのも、自分の身を守るため。だから、好きな食べ物が何かなんて、考える余裕などなく……」

「そうよね、あなたほど綺麗な方が騎士になるなんて、よっぽどの事情があるのよね。ごめんなさい、私ったら何も知らずに……！」

「ママ、どうしたの？」

異変を感じ取ったらしい聖女アイが、ぎゅっと王妃のドレスを握って見上げた。気づいた王妃がしゃがみ、聖女と目線を合わせながら真剣な顔で言う。

「リリアンがね……今までとってもとっても頑張ってきたのですって。頑張って剣を覚えて、とっても強くなったんですって！」

「けん？　つよくなったの？」

「そう！　リリアンは自分の力で、とっても強くなったの！　すごいわね！」

「おねえちゃん、すごい！」

ふたりは真剣な表情で見つめ合ったかと思うと、うんうんと、何度もうなずいている。

その顔に疑いの気配はなく、どうやらわたくしの作り話を心から信じているらしい。

……これから王妃を嵌《は》めようとしているわたくしが言うのもなんだけれど、この王妃大丈夫なのかしら？　少しお人好しすぎる気がするわ。

だってわたくしなら、初対面で身の上話を語って同情を買おうとする人間なんて絶対に信じないもの。わたくしが悪女として君臨していた時も、そんな輩《やから》がごろごろいたものよ。

この王妃、すぐに悪人につけ込まれそうね……。ま、わたくしにとってはありがたいことだけれど。

「なら、せっかく来たんだもの。あなたにはお腹《なか》いっぱい食べてもらわないとね。何がいいかしら。せめて、甘いものとしょっぱいものだったら、どちらがいいかしら？」

「それでしたら、甘いものの方が好きですわ」

ふぅ、これくらいだったらわたくしでもすぐ答えられる。

「わかったわ！　それなら今度ハロルドと相談して――」

王妃がそこまで言いかけた時だった。コンコンコンとノックがして、女官が顔を覗かせたのだ。

◇◇王妃エデリーン◇◇

言葉の途中で入ってきたのは、サクラ太后陛下付きの侍女だった。

私やアイ、ユーリ様は何度か会ったことがあるけれど、リリアンにはきっと初めましての方よね？

なんて思っていると、女官が頭を下げてうやうやしく言う。

「エデリーン王妃陛下。サクラ太后陛下がお呼びでございます。アイ様の家庭教師について相談したいとのことです」

「わかりました、すぐに行きます」

私はうなずいた。

サクラ太后陛下は今も離宮に住んでいるのだけれど、どうやらアイが可愛くて仕方ないらしく、最近は頻繁に遊びに来るようになっていたの。何日も泊まっていくこともあって、せっかくだからアイの教育についても色々相談させてもらっていたのよ。

私は少し考えてから、アイに向かって言った。

「アイ。ママはサクラのおばあちゃんとお話ししてくるから、お留守番していてくれる？」

「えぇー！　ママ、あそんでくれないの？」

アイがぷぅと頬を膨らませると同時に、下唇がにゅっと突き出された。

これは最近見せてくれるようになった、アイが不満を表す時の表情だ。

本人はきっと一生懸命怒っているつもりなんだけれど……ふふっ。私から見ると、そのお顔すら天使のごとき可愛さなのよね。

ぷっくりしたほっぺのせいで、ますますまあるくなるお顔に、一生懸命吊り上げているけれど全然怖くないおめめ。そしてぷるんぷるんの唇。

アイには申し訳ないけれど、どこをとっても可愛い以外の言葉が出てこない。実はこの表情もとっても好きなのって言ったら、アイに怒られちゃうかしら？

私はくすくすと笑いながら、人差し指で丸いほっぺをぷにぷにとつついた。

「来てもいいのだけれど、少し難しいお話をするから退屈させるかもしれないのよね……」

そこへ、気を利かせた三侍女たちがすすすっと進み出る。

「でしたらアイ様！　私たちと一緒に遊びましょう！」

「お絵描きをされますか？　それともおままごとをされますか？　あっそうだ！　もしよかったら、私の髪を編んでくれませんか？」

「えっ！　わたしもアイ様に髪を編んでほし～い」

きゃっきゃとにぎやかな声に、アイの視線がちらりと三侍女に移る。

それから小さな鼻を膨らませてふんすっと息をついたかと思うと、アイは自慢げに胸を反らした。

「いいよ！　アイがあんであげる！」

「えっ。アイが髪を編んでくれるの？　ママもやってほしいわ」

思わずそう言った瞬間、三侍女たちがじとっとした目で私を見た。

……しまった。

せっかく彼女たちがアイの気を引こうとしてくれているのに、うっかり私まで乗ってしまったわ！

だ、だってほら、この間髪を編んでくれたアイの真剣な表情がものすごく可愛かったからつい……！

心の中で言い訳を重ねながら、私はコホンと咳払いをした。

「ま……ママが帰ってきたら、アイに髪を編んでほしいわ」

「いいよ！　それまでアイ、いっぱいれんしゅうするね！」

すっかりやる気を出したアイたちに見送られながら、私はサクラ太后陛下の元へと向かった。もちろん、着任したばかりのリリアンも私の後ろをついてきている。

廊下を歩きながら、私はちらりと彼女を見た。

……それにしても。

アイを怖がらせなさそうな女騎士で、かつ腕も立つからという理由でリリアンを護衛騎士にすることに決めたのだけれど……まさか彼女があんな過去を持っていたなんて。

貴族も政略結婚はよくあることとはいえ、娼館に売られそうになるのは全然別の話だ。

それに、彼女がどんな幼少期を過ごしたのかは想像でしかないけれど、リリアンは好きな食べ物を聞いても答えられないほどだったのよ。出身は辺境で、魔物に怯える日々だとも言っていたから、きっと相当過酷だったのでしょう。

それなのに私ったら、リリアンのユーリ様への態度ばかりを気にしていたなんて……いけないわ。

王妃として、もっと視野を広く持たなくては。

前に、お母様にも言われたことがあるもの。『あなたは王妃として、どっしり構えていなさい』と。

うん、今こそその時よね！

私はぐっと手を握り、密かに自分へ活を入れた。

そこへ、廊下の奥から見覚えのある背の高い人物がやってくる。

……噂をすれば、ユーリ様だわ。

向こうからやってきたユーリ様も、私に気づいたらしい。無表情だった顔に、ふわりと笑みが広がる。

「エデリーン。もしかして君もサクラ太后陛下に呼ばれたのか？」

「ええ。ということはユーリ様も？」

「アイの家庭教師について相談したいとのことだ」

言って、ユーリ様が私の後ろに控えるリリアンに気づく。

「そうか、今日から正式にエデリーンの護衛騎士となったのだな」

「はい。精いっぱい、エデリーン王妃陛下をお守りさせていただきます」

リリアンはまた、いつもの見た人全員を虜にするようなまばゆい笑みを浮かべた。それを見たユーリ様が真剣な顔でうなずき、短く言う。

「妻を頼んだぞ」

かと思うと、ユーリ様はまたパッと私の方を向いた。その顔には再度やわらかな笑みが浮かんでいる。

「それにしても……あのアイが、とうとう師をつけて学ぶ時期になったのだな」

その口調はしみじみとしており、私も同意するようにうなずいた。

ここにやってきた当初のアイは怯え切っていて、会話どころか、命があるだけよかったと胸を撫でおろすくらい弱っていた。

それが気づいたら声を上げて笑うようになり、自分の気持ちを伝えられるようになり、今は大人になるため――アイの〝未来〟のため、次なる一歩を踏み出そうとしている。

「勉強なんてただ面倒な義務だと思っていましたのに、その〝面倒な義務〟をさせてあげられることが、こんなにも嬉しいだなんて思ってもみませんでしたわ」

子はなんのために勉強するのか。

親はなぜ子に勉強をさせようとするのか。

……それは、私が親になってみて初めてわかったの。

アイが将来大人になった時、少しでも生きやすくなるように、人生の助けになるように。

何より、いつか親である私たちがいなくなっても、子《こ》ども《ども》アイがたくましく生きていけるように、親は子に勉強をさせるのだと。

そしてそれは、アイたち子どもに、〝未来〟があるからこそできること。

そのことを、私はしみじみと噛み締めていた。

「そうだね。アイがいつか独り立ちする時のためにも、私たちができる限りを伝えてゆかなくては」

「えっ？　独り立ち？」

その言葉に私は目を見張った。

てっきり、アイは聖女だからずっとこの国で私たちのそばにいると思っていたけれど、ユーリ様の口ぶりだと……まるでアイは大人になったら、この国を旅立っていくようじゃない……？

サーッと私の顔が青ざめる。

「ユーリ様……まさかアイを他国のお嫁にやってしまうおつもりですか⁉」

がしっとユーリ様の腕を摑めば、彼はぎょっとした顔になる。

「そ、そんなわけないだろう。頼まれたってアイを他国になど連れていかせないぞ！」

その言葉に私はほっと胸を撫でおろした。

「ああ、よかった。とてもびっくりしましたわ！」

「独り立ちという言葉が悪かったな、すまない。私が言いたかったのは、アイが大人になった時、アイ自身が外に出ることを望むかもしれないということだ。見聞を広めるために遊学に出たいと言うかもしれないし、市井を見に行きたいと言うかもしれない。その時、私はなるべくアイを応援したいと思っている」

「ユーリ様……」

まさか、ユーリ様がそんなことを考えていたなんて……。

自分の手元でいかにアイを可愛がって守り育てるかしか考えていなかった私は、自分の考えの浅はかさに顔を赤らめた。

「そうですわよね。女の子だからといって外に出てはいけないということはありませんものね。私も、アイのためになることならなんでもしてあげたいですわ」

「アイはこの国では聖女として扱われているし、私もそう扱ってしまうが……アイにはアイの、人生があるからね」

そう言って微笑んだユーリ様の瞳は、この上なく優しかった。控えめに輝く青の瞳からは、アイを深く思いやる気持ちが伝わってきて、見ている私まで嬉しくなる。

「アイは私たちの子である前に、ひとりの人間ですものね」

「ああ」

今はまだ私が抱っこできるあの子も、いつかきっと抱っこができなくなるほど、成長するのでしょう。小さな手だって大人のものへと変わり、もしかしたら背丈だって追い抜かされるかもしれない。

成長したアイは、きっと美しく賢い、誰からも愛される少女になるのでしょうね。

まだ見ぬ未来のアイの姿を想像して、私は微笑んだ。

「ふふっ。もし将来アイが遊学に行ったら……他国で意中の人を見つけてきたりするのかしら？」

私がそう言った途端、ピタッとユーリ様の動きが止まる。

「あるいは、アイのことを好きになる男性が出てきてしまうのかしら？　だってあんなに可愛い子ですもの。きっと引く手あまたですわ。ああ、どうしましょう！　もし『アイ様を僕のお嫁さんにください』なんて男性がやってき――」

「絶対にやらん!!」

被せ気味に言われた言葉は、驚くほど大きかった。

びっくりしてユーリ様を見ると、彼は先ほどとは打って変わって、憤怒の形相になっている。

「ゆ、ユーリ様？」

「アイを嫁になど、絶対にやらん!!」

ゴッ!!　と、ユーリ様の背中で目に見えぬ炎が燃え上がった気がした。

「よく考えたら、アイをどこの馬の骨かもわからん男たちのいるところになど行かせられない……！　危険だ!!」

ゆ、ユーリ様!?

先ほどと真逆のことをおっしゃっていますわよ!?　このままじゃアイを独り立ちさせるどころか、一生お城から出さない勢いになっていますわよ!?

「ユーリ様、しっかりなさってくださいませ！　先ほど言っていたことと矛盾していますわ！」

私がバシバシとユーリ様の腕を叩くと、ようやく彼はハッと正気を取り戻したようだった。今度はくっとうめきながら、眉間を押さえている。

「す、すまない。アイが見知らぬ男の嫁に、と考えた瞬間、目の前が真っ赤になってしまった……」

そんなユーリ様を見て、私はくすくすと笑った。

ユーリ様は普段とても穏やかなのに、本当にアイのことになると途端にオロオロしたり、メラメラしたりしだすわね？

こういうのをきっと、立派な親ばかと呼ぶのでしょう。

くすくすと笑い続ける私を見て、ユーリ様は気まずそうに咳払いしつづけていた。

✣

「――では、マリナの時にお願いした先生を呼ぶということでいいのかしら？」

穏やかなサクラ太后陛下の声を聞きながら、私とユーリ様はうなずいた。

ここは、太后陛下が滞在する一室。

サクラ太后陛下が紹介してくれた家庭教師は、第一王女マリナ様にも指導をしてくれた女性の家庭教師だ。

人見知りが強く、内気なマリナ様にも優しく穏やかに接してくれた人ということで、アイにぴったりだと思ったの。

「ありがとうございます。相談に乗っていただけてとても助かりましたわ」

「いいのよ。可愛い孫のためですもの。私にできることならなんでもしましょう」

ゆっくりとスプーンでカップの中をかき混ぜながら、サクラ太后陛下が微笑んだ。その表情は優しく、心穏やかな日々を送っているのだとわかる。

「それから、ユーリ」

不意に、サクラ太后陛下の目がユーリ様に向けられた。

「ホートリーから聞きましたよ。なかなか苦労しているようですね？」

「苦労、とは……？」

話を振られたユーリ様には思い当たることがないらしい。不思議そうな顔をするユーリ様に向かって、サクラ太后陛下が手でくいくいと呼び寄せる動作をした。

戸惑いながらもユーリ様がサクラ太后陛下の前にひざまずき、太后が何か軽く囁いたと思った次の瞬間……カ――――ッという音が聞こえてきそうな勢いで、みるみるうちにユーリ様の顔が赤くなった。

どうしたのかしら？

不思議そうにする私の前で、ユーリ様が必死に何やら言っている。

「そ、それには深刻な理由がありまして……!!」

「ほほほ。理由なんて、悠長に言っている場合ですか」

「ですが……！」

何やら泡を食った様子で、ユーリ様があわてふためいていた。一方のサクラ太后陛下は余裕しゃくしゃくどころか、むしろ何やら楽しそうだ。

「あの、おふたりとも……？」

正反対の様子に驚いて尋ねると、ユーリ様が焦ったようにバッ！ と私を見た。

「な、なんでもない！ 君には関係ないんだ！」

「あら、関係なくありませんよ。ユーリ、あなただって――」

「サクラ太后陛下！ お話はいったんそこまでに！」

何か言いかけたサクラ太后陛下を、必死な顔のユーリ様が止める。

ユーリ様が太后陛下に対してそんな態度をとるのを初めて見たから、私はまたもや目をぱちぱちとさせた。

……一体何が起こっているのかしら？

「ふふ。少し意地悪しすぎてしまったかしら。ならユーリ、あなたにチャンスをあげましょう。私はしばらくアイと遊んでくるから、うまくやるのですよ？」

なんていたずらっぽく言いながら、立ち上がったサクラ太后陛下がぽんぽんとユーリ様の肩を叩く。その顔はとても嬉しそうだ。

「いいですか。場所は北宮の温室です。決して大きくはない温室ですが、今のあなたにはぴったりなんじゃないかしら」

「……お気遣い、ありがとうございます」

言葉とは裏腹に、ユーリ様はとても苦い顔をしていた。

「いい報告が聞けるのを楽しみにしていますよ」

言って、サクラ太后陛下はまたうふふと楽しそうに笑った。それからふと、私のそばに立つリリアンを見る。今初めて彼女に気づいたらしい。

「あら、この方は？」

「私の護衛騎士となったリリアンですわ。女性なのにとても腕が立つので、彼女ならアイも怖がらないだろうと思って、護衛騎士になってもらったのです」

「お目にかかれて光栄です、サクラ太后陛下。リリアンと申します」

「そう……」

言って、サクラ太后陛下がまるで品定めするようにじっ……とリリアンを見る。けれどそれも一瞬のことで、太后陛下はすぐににこやかな笑みを浮かべた。

「リリアン、あなたの働きにも期待しておりますよ」

「恐れ入ります」

どうやら、リリアンは無事サクラ太后陛下のお眼鏡《めがね》にかなったらしい。といっても太后陛下は元々穏やかな方だから拒否する方が珍しいのだけれど、なんとなく私はホッとした。

「では私はアイのもとに。いいですかユーリ。私のことは気にせず、ゆっくり過ごしてくるのですよ？」

何やら意味深な言葉を残して、サクラ太后陛下がホホホと笑いながら、侍女とともに部屋を後にする。あまりにその動きが素早かったため、私が問う余裕もない。

「あの、ユーリ様？ 太后陛下は一体どうしたんですの？ なんと言われたのですか？」

事情を知るであろうユーリ様を見ると、彼はなぜか手を額にあててうなっていた。

「いや、大したことではないんだ。その……サクラ太后陛下が気を遣ってくださって……」

いわく、サクラ太后陛下はこう言ったらしい。

『最近忙しくて、夫婦でデートする時間なんてなかったでしょう。私がアイを見ている間に、たまには行ってらっしゃいな』

と。

それを聞いて、私は納得がいったようにうなずいた。

「さすがサクラ太后陛下ですわね。私たちのことまで気にかけてくださるなんて、気遣いが細やかでいらっしゃるわ。……でもユーリ様はなぜそんなに悩んでいるのです？」

ユーリ様が教えてくれたサクラ太后陛下の言葉は、ごくごく普通の気遣いだという気がする。にもかかわらず、ユーリ様の赤面は未《いま》だに治っていない。

「いや、これは、その……」

もごもごもご。

歯切れの悪い言葉に、私は眉間にしわを寄せた。

「んもう。一体どうなさったのです？　私たちは夫婦でしょう？　何か悩んでいるのなら、打ち明けてくださいませ。私はあなたの妻として、ちゃんと力になりたいと思っているんですのよ」

「いや……それが……妻だから余計言いづらいというか……」

そこまで言ってから、ユーリ様は決意したようにキッと顔を上げた。

頬にはまだ赤みが残っているものの、彼は力強い目で私をまっすぐ見る。

「よし、エデリーン。北宮に行こう」

すぐさま大きな手が伸びてきたかと思うと、私は強く手を引かれた。

危うく転びかけ、さらに抗議する間もなく、ユーリ様がずんずんと歩き出す。

その足取りは猛牛のように力強くまっすぐで、私は転ばないようについていくのがやっとだった。

あわてて後ろをついてきたリリアンが、私の代わりに叫ぶ。

「国王陛下！　もう少しゆっくり歩いていただかないと、王妃陛下が転んでしまいますわ！」

リリアンの声でやっと彼は気づいたらしい。はっとしたように足を止めたかと思うと、また手で額を押さえた。

「すまない。……どうも気が動転しているようだ」

ええ、それは見ればわかりますわね。

問題はなぜ、そんなに動転しているかというところよ。一体、サクラ太后陛下から何を言われたのかしら？　この様子だと私に話していない内容もありそうね……。

私が息を整えている間に、ユーリ様はぽつりと言った。

「……北宮の温室には、この時期でも咲いている花があるらしい。少しだけ、見に行こう」

それだけ言って言葉を切る。

やっぱり、詳細な理由についてまでは教える気はないらしい。

私はむむ……と心の中でうなった。

どうやら私と関わりがあるようなのに、教えてもらえないなんてすごく気になるわ。

こうなったら、長期戦よ！

「わかりましたわ。なら、一緒に行きましょう」

ユーリ様はうなずくと、先ほどと違ってゆっくりと私の歩幅に合わせて歩き始めた。

✣

「すごいですわ……！」

入った温室で、私は感動して思わず声を上げてしまった。

周りを雪に囲まれた北宮の温室には、幻想的で清らかな光景が広がっていたのだ。

組み立てられてたガラスの向こうは一面の銀世界なのに、温室の中は燦々《さんさん》と太陽光が差し込んであたたかく、冬であるのを忘れさせるほど。

温室は決して大きな建物ではないものの、中で楚々《そそ》と咲き乱れているのは真っ白なスノードロップだった。白くぽってりとした愛らしい花びらに、瑞々しい緑の葉。

おとぎ話に出てきそうな可愛らしく清らかな姿に、知らず笑みがこぼれる。

「ふふ。これ、アイに見せたらきっと喜ぶでしょうね。そうだ、今からでもアイを……」

そこまで言って、私はハッとした。

いけない。何かあるとすぐにアイに見せたがる癖がついてしまったけれど、今は私とユーリ様のデートの時間なんだったわ！

きっとサクラ太后陛下も、私がすぐにアイを連れていきたがると思ったからこそ、『私がアイとしばらく遊びます』と言っていたのだろう。そのことに気づいて私はこほんと咳払いした。

「それにしても、まさか王宮にこんな場所があったなんて知りませんでしたわ」

せっかくサクラ太后陛下が気を遣ってくださったんだもの。ここは夫婦として、きちんとデートしなければ！　……って意気込むのも変な話だけれど。

私が花を眺めていると、いつの間にか穏やかな顔に戻ったユーリ様が隣に立つ。

「サクラ太后陛下が教えてくれたのだが、ここは太后陛下が自ら作った温室らしい」

「まあ、そうだったのですね」

前国王陛下に裏切られる前のサクラ太后陛下は花を好み、よく育てていたと聞いたことがある。

最近はそういう話も聞いていなかったのだけれど……。

「ほっほっほ。実は私がサクラ太后陛下に、この温室の管理を任されているのですよ」

「ホートリー大神官!?」

そこへ聞き覚えのある声がして、にこにこ顔のホートリー大神官が現れた。

かと思うと後ろでドスンッ！ と音がする。

振り返ると、なぜかリリアンが地面に尻餅をついていた。その上ものすごい形相で、ホートリー大神官を見ている。

どうしたのかしら？ 大神官が突然現れて驚いたにしては、少し驚きすぎな気がするけれど……。

「今日のことは太后陛下から聞いておりますぞ。温室の鍵は開けておきますので、心行くまで見ていってくださいな。奥にはテーブルと、カウチもありますすゆえ」

ふさふさのひげを揺らしながら、大神官が機嫌よく続ける。その声に、私はまた大神官に視線を戻した。

「お気遣いありがとうございますわ。それにしてもこんな立派な温室があったなんて、全然知りませんでした」

「もう長いこと、私以外の人は来ていませんでしたからね。それに、ここは太后陛下にとっていわば最後の砦《とりで》でもあったのです。離宮に移ると同時にあちこちの庭や温室を閉鎖しましたが、その中でもここだけは残ったのですよ」

言って、大神官はほっほと笑った。

「だから今日ここに両陛下が来ると聞いて、大層驚いたものです」

私とユーリ様は顔を見合わせた。

まさかこの美しい温室にそんな秘密が隠されていたなんて。

そう言われると、静かに優しく咲いているスノードロップの一輪一輪が、まるでサクラ太后陛下の真心を表しているようにも見えてくる。

同時にここに招き入れてくれたということは、太后陛下の心の内に招かれたような気持ちにもなっていて……。

そこへ、なぜか顔を青ざめさせたリリアンが控えめに申し出た。

「あの、わ、わたくし、そんなすばらしい庭園に足を踏み入れるわけにはいきませんから、温室の入り口で待っておりますわね」

「気にしなくていいのよ、あなたは私の護衛騎士なのだから、太后陛下もきっと気にしないわ。それに、外は寒いじゃない」

「そうですぞ、リリアン殿」

ホートリー大神官がそう微笑みかけた途端、なぜかリリアンの顔はさらに青くなった。

「いえ!! わたくしは入り口で大丈夫でございます!!」

半ば叫ぶようにして、リリアンがそそくさと離れていく。私は目を丸くした。

それはいつも優雅な笑みを浮かべているリリアンらしくない動揺っぷりだ。

今日はユーリ様といいリリアンといい、みんなどうしてしまったの？

困惑していると、また「ほっほ」とホートリー大神官が笑って言った。

「愉快な騎士をお持ちのようですな。それでは私も退出します。どうぞ好きなだけお過ごしください。テーブルのお茶は私が用意しましたゆえ、ご心配なく」

それだけ言うと、ホートリー大神官はゆるりとした歩みで温室を後にした。

残された私とユーリ様は、お言葉に甘えてふたりでのんびりと温室内を見て回った。

スノードロップは指で触れるとふるりと揺れて、とても可愛い。それに奥にはホートリー大神官の言う通りテーブルとカウチがあり、ティーセットが用意されていた。

私たちはカウチに横並びになって座ると、ありがたくお茶に口をつけた。

中身はどうやら、カモミールティーのようだ。口に広がる爽やかな味わいを楽しみながら私は微笑む。

「こうしてふたりでお茶を飲むのはいつぶりでしょう？　いつも必ずアイを挟んでいたから、ずいぶん久しぶりな気がしますわ」

「新年を迎えてからは初めてかもしれないな。祝賀会の準備も忙しかったから」

「本当ですわね」

そこまで言ってから、私はきらっと目を光らせた。

「……で、さっきのは一体なんなんですの？」

途端にユーリ様がぎくりと体をこわばらせる。

「さ、さっきの、とは……？」

「とぼけないでくださいませ」

私はじとっとした目でユーリ様を見た。

今度こそ、逃がさないわ！

「先ほどサクラ太后陛下と話していたことです。言われたのは、きっとデートのことだけではないのでしょう？」

「う……」

「私にも関係があることのようですから、もったいぶらずに教えてくださいませ！」

私がぐいっと詰め寄ると、ユーリ様がまた顔を赤くする。

「それはっ。……言ってもいいが、君も困ることになるぞ？」

「私が困ること、ですか？」

言われてきょとんとした。

……私が困ることとって、何かしら？

もしかして、勉強するからアイと過ごす時間が減るということ？　それとも、母親として私も手伝えということ？

でも……それがユーリ様の赤面とどう関係があるのか、全然結びつかない。

しばらく考えたけど答えが出てこなくて、私はまたユーリ様を見た。

「よくわかりませんが、何を言われようとも受け入れますわ！　さぁ、どんと来てくださいませ！」

そう言った瞬間、ユーリ様の瞳がなぜかきらりと光った気がした。

その光はまるで獲物を前にした肉食獣のような獰猛《どうもう》さがあり――私は目を見張った。

「本当、だな……？　その言葉に、二言はないな？」

「あ……ありませんわ⁉」

なぜだか身の危険を感じて、私は自分の怖気《おじけ》を跳ね返すように、わざと強く答えた。

それを見たユーリ様が、一度うつむき、ふーっ……と息をつく。

それから再度顔を上げたユーリ様を見て、私の心臓がドクッと跳ねた。

——私を見つめたユーリ様は、驚くほどの色気を湛えていたの。

長いまつ毛に彩られた瞳が、他の誰でもない、私のことをまっすぐ見ている。

ゆらゆらと揺れる深い青の瞳は海面のようで、私のすべてを飲み込んでしまいそうな深さと切実さを湛えていた。

真剣で、それでいてどこか切羽詰まった表情で、ユーリ様が私を見つめる。

「ゆ……」

名前を呼びかけた私の唇に、ユーリ様の人差し指が置かれる。

「エデリーン。先ほどサクラ太后陛下に言われた本当の言葉はこうだ。『——あなたたちは夫婦になってずいぶん経つけれど、全然進展がないそうね。温室を貸してあげるから、さっさとくちづけのひとつやふたつ、交わしてきなさい』と」

「!?」

その言葉を聞いた瞬間、私の顔が真っ赤になった。

なんっ……!?　サクラ太后陛下はなんってことを言うの!?　く、くちづけなんて……!!

ひとり動揺していると、さっきとは打って変わって落ち着き払ったユーリ様が、伏目がちに言う。

「だが、私も太后陛下の言葉に賛成だ」

その表情もまた匂うような色気に溢れ、まつ毛を伏せる動作すらも美しい。

ううっ、そうだった！　いつも忘れるけれど、この方、とんでもない美形なんだった！　こういう時になってようやく思い出すなんて……私の不覚!!

「前も言った通り、私は君と本当の夫婦になりたいと思っている。体だけではなく心も通い合わせるような夫婦に、だ」

ふたたびユーリ様が私を見る。

深い青い瞳に絡め取られて、私はその場からぴくりとも動けなくなっていた。


「エデリーン。君にくちづけしても、いいだろうか?」


その言葉に、私の心臓が破裂するかと思った。

顔は、もうこれ以上赤くなれないところまで赤くなっている。ドクドクと早鐘のように鳴る心臓の音がうるさくて何も聞こえない。

答える代わりに私はうつむいた。

……というか、どう返事をしていいかわからなかったのよ。

だって先ほど、『何を言われようとも受け入れますわ』って豪語してしまったばっかりなんだもの!!

それに……。

私はぎゅっと手を握った。

ユーリ様とくちづけを交わすことを……嫌だとは思わなかったのよ。

もちろん、嫌かどうかの前に、そもそも私たちは国王夫婦。〝務め〟として、くちづけどころか子をもうけないといけないってこともわかってる。

でもそういうことを抜きにしても……その……ユーリ様なら別にいいかも、と思ったの。

だってアイがやってきてから数か月経つけれど、最初はダメダメで私に怒られてばかりいたユーリ様も、今や立派な父親になっている。

執務がすごく忙しいはずなのに、時間を作っては私やアイのところにやってきて、そしてアイがユーリ様に会いに行っても、絶対に邪険に扱ったりしないのよ。

アイの目線に合わせ、アイの言葉に耳を傾け、誠心誠意接している。

その一挙一動から溢れるのは、アイに対する思いやりと深い愛だ。

そんな姿を見ているうちに……気づけば「この方だったら」という感情を抱くようになっていたの。

……と、とはいえ、そんなの本人にはとても言えないけれど……!!

私は照れをごまかすように、ごほん、とわざとらしく咳払いした。

「さ……先ほど言った通りです！　ユーリ様がく……くちづけをしたいとおっしゃるのなら、私は受け入れますわ」

口に出して、私の顔がまたカーッと熱くなった。

ううっ！　まさか実際口に出すと恥ずかしさが倍増するなんて！　こんなの、令嬢たちの噂話で聞いていたのと違う!!

羞恥に震えていると、私の両腕にそっとユーリ様の手がかけられる気配がした。

それにも私はビクッと大げさに震えてしまって、そんな自分が本当に恥ずかしくて……もう！

「エデリーン……」

ユーリ様がじっと私を見つめている気配を感じる。けれどとてもじゃないけれど、その顔を直視することはできなかった。

ええい！　こうなったら、覚悟を決めるしかない。許可を出したのは他の誰でもない、私自身だもの！

私はぎゅっと手を握ると、挑むように顔を上げた。……ただし、目はつぶっているから、何も見えない。

……こ、これであっているわよね⁉　だって仲良くしてくれていた令嬢たちが言っていたもの！　くちづけするときは目をつぶるって……！

覚悟して待っていると、顔の周りでふわりと空気が揺れる気配がした。

目をつぶっているから、ユーリ様が起こす些細《ささい》な動作のひとつにも、空気の揺らぎひとつにも敏感になってしまう。

おまけに香ってくる匂いも、思いのほかいい匂いで。フゼアグリーンのような瑞々しい緑の香りの中に、くゆるような男の香りを感じるというか……。

ゆ、ユーリ様って、こんないい匂いのする方でしたかしら⁉　香水をつけるようなタイプではないはずなのに……。

やがて、つぶっていた目の前が、さらに一段階暗くなった。

何かが、いえ、誰かが顔に近づいてきている気配に、私はますます身を固くした。

と、とうとう……！

――けれど次の瞬間だった。

ガチャン！ という硬いものが落ちる音が温室に響いたのは。

「⁉」

驚いて音のした方を向くと、そこにはあわてた顔で剣を拾い上げるリリアンがいた。

「申し訳ありません！ わたくしとしたことが！」

それから顔を戻すと――ものすごい至近距離でユーリ様とばちんと目が合う。

「きゃ、きゃあああっ！」

気づけば私は、どん！ とユーリ様を突き飛ばしていた。

「っと！」

かろうじて受け身を取り、カウチから転がり落ちるのをこらえたユーリ様を見て、私はハッとする。

「ごめんなさい！ つい……！」

くちづけをしていいと言ったのは私なのに、反射的に突き飛ばしてしまった！

「けがはありませんか⁉」

「それは大丈夫だが……」

私たちは互いに顔を見合わせ――それから恥ずかしくなってバッと顔を背けた。

まだ、ほんのりと甘い空気は残っていたのだけれど、さすがにリリアンが見ている前ではその……続ける勇気がなかったのよ。多分それは、ユーリ様も同じだと思うわ。

「大変申し訳ありません！ 護衛のために近くにおらねばと思いましたところ、ベルトが緩んでいたようで、おふたりの時間を邪魔してしまいました！」

目の前ではリリアンが、心底申し訳なさそうに謝っている。

そこまで真剣に言われると、逆に気恥ずかしいわね……！

「いいのよ。あなたは職務を全《まっと》うしようとしただけだもの。ねっユーリ様？」

「そうだな……」

同意を求めると、ユーリ様は気まずそうに咳払いをした。

「だが、次からはしっかりベルトを締めておくように。剣は騎士の命であり要だ。うっかり体から離れるなど、あってはならない」

その口調や表情は思いのほか厳しく、リリアンに向ける視線も鋭い。

「はっ！　以後、心より気をつけます！」

驚いたわ。ユーリ様は出会ってからずっと優しいか、あるいは寡黙な印象しかなかったから、女性に対してこんな風に厳しい言葉を投げかけるなんて。

でもリリアンは騎士だから、普通の令嬢たちとは扱いが違うのかしら？　ハロルドいわく、騎士としてのユーリ様は相当厳しいらしいものね。〝軍人王〟なんてあだ名がつくくらいなんだもの。

そんなことを思いながら、私はまだドキドキする胸を押さえていた。

◇◇キンセンカ（リリアン）◇◇

……危ないところだったわ。

国王ユーリの叱責を聞きながら、わたくしは内心ほっとしていた。

あの厄介な大神官がいなくなってから、実はずっと陰からふたりを監視していたのよ。

いつもだったら、たかがくちづけぐらい好きなだけすればいいと思うのだけれど、このふたりは……なぜかくちづけすらさせてはいけないと思ったの。

うまく言えないけれど、サキュバスとしての勘とでも言うのかしら？

だから咄嗟に腰のベルトを緩め、剣を落としたという体で邪魔することにしたのだけれど……。

わたくしはまだ照れている様子の国王ユーリと王妃エデリーンを見つめた。

このふたり……。

わたくしが現れた時の驚きっぷりといい、今目の前でもじもじしている様子といい、もしかしてもしかしてなんだけれど、まだ一度もくちづけを交わしていないの？

マクシミリアンからの情報でふたりは白い結婚を継続中というのは知っていたけれど、まさかくちづけも？

一回も？　本当に？？？

わたくしはじっとふたりの様子を観察した。

国王は顔を赤らめてわざとらしく遠くを見ているし、王妃だって落ち着かなさそうにドレスの裾をいじいじといじっている。

そこにただよう空気には確かに〝結ばれる前のふたりだけが醸し出せる特有の甘酸っぱさ〟とでもいうべき香りがあるけれど……。

――だとしたら、厄介ね。早めに強い手段に移らなくては。

わたくしはキッと目を吊り上げた。

わたくしの魅了が通じないのは、国王ユーリには何かしらの加護がついているからかと思っていたわ。けれどこの様子からして、純粋に王妃エデリーンに尋常じゃないほど惚れているだけの可能性も出てきたんだもの。

でも、わたくしだってまだ本気を出していない。目を見つめるだけじゃだめだというのなら、この豊満な肉体を使うまでよ。

見ていなさい。ふたりとも。

私は目の前でまだ恥ずかしがっているふたりを見ながら、心の中で闘志を燃やしていた。

❖

その後もわたくしは、純情な護衛としてじっとつけ入る隙をうかがっていた。

王妃エデリーンはわたくしが用意したかわいそうな身の上話をすっかり信じているせいか、あるいは元々の人柄がいいせいか、わたくしを警戒している様子はない。

さらに、わたくしにはもうひとつ都合のいいことが判明した。

王妃は聖女アイと寝食をともにしていて、聖女が寝る時には王妃はもちろん、国王ユーリも一緒に寝室へと消えるの。

けれどしばらくして聖女アイが寝た後は、国王だけが寝室を出て執務室へ向かうことがよくあったのよ。きっとたまっている執務を片づけているのでしょうね。

だからわたくしはその時に、「ちょうど仕事が終わった」体《てい》で、国王とふたりきりになるチャンスを得られるというわけだった。

——まずは、最初の夜。

夜勤の騎士と交代したわたくしは、国王の執務室へと繋がる廊下の一角に身をひそめ、パパっと身支度を整えると、じっと国王を待った。

しばらくして、聞き覚えのある足音が聞こえてくる。

といってもそれはほぼ無音に近い、むしろ他の生き物に自分の存在を知られないよう、細心の注意を払っている足音だ。

そんな風に歩くのは、この王宮でもひとりしかいない。国王ユーリだ。きっと騎士団長として魔物と戦い、その際に身に付いた足運びなのだろう。

といってもサキュバスであるわたくしは耳だけではなく、人間の気配を感じ取るための器官が優れている。だから、国王ユーリが多少気配を消そうとも、やすやすと見つけられるのだ。

わたくしはタイミングを見計らうと、ここぞという場面で飛び出した。

すぐさまドン、と体と体がぶつかる。

「きゃっ！」

わたくしはわざとらしくその場に尻餅をついてみせた。一方、ぶつかられてもビクともしなかった国王が、驚いた顔でわたくしに手を差し出してくる。

「すまない。ケガはないか？」

「こちらこそ申し訳ありません……！　不注意でしたわ」

わたくしはその手を取りながら、こてん、と首をかしげてみせた。

その拍子に下ろした髪がふわりと広がり、香《かぐわ》しい花の芳香が廊下に広がる。

これは香水ではなく、サキュバスのフェロモンよ。視線に負けず劣らずの効果を持つ、強力な香りでもある。

さらに仕事中と違って軽く着崩したシャツの胸元からは、やわらかで魅力的な谷間が覗いている。

瞳は熱っぽく潤み、ぷるりとした唇も、廊下の明かりに照らされてこの上なく色っぽく輝いているはずだ。

この状況で考え得る限り最強の手札を持ったわたくしは、内心で勝ちを確信していた。

さあ、国王ユーリよ。わたくしを見なさい。

一瞬でも心の扉を緩めたが最後、あなたはわたくしの虜よ！

「わたくしは大丈夫です。それにしてもまさか、こんなところでユーリ陛下にお会いできるなんて」

瞳にいつもより強めの魔力を込め、ぽっと顔を赤らめて見上げれば、そこにはわたくしの色香に驚き、目を見開いた国王ユーリの姿が――。


なかった。

「ケガがないようでよかった。それでは」

国王には私の姿など映ってないのか、にこりとも微笑むことなく、目を合わせることなく、手がパッと離された。そのままわたくしの横を通り過ぎ、スタスタスタスタ……と足早に歩いていく。

「……は？　えっ？」

わたくしは何が起きたのか理解できなくて、遠ざかっていく国王の背中をポカン……と見つめていた。そこへ、どこからやってきたのか、全然見知らぬ騎士がわたくしのそばに立っていた。

「リ、リリアンさんですよね？　大丈夫ですか？　お怪我《けが》は？」

声をかけてきた騎士の頰は赤く、ハートを浮かべた瞳はわたくしの胸元に熱く注がれている。

そう、まさにわたくしが先ほど、国王ユーリに望んだ反応の通りに。

……でも。

「あなたじゃないわよ‼」

わたくしは吠えると、ぷりぷりと肩を怒らせてその場を立ち去った。

次の日。

夜勤の騎士と交代した私は、カリカリと爪を嚙みながら国王ユーリを待ち伏せしていた。

あの男……鈍い鈍いとは思っていたけれど、まさかわたくしの色香にぴくりとも反応しないなんて、完全に想定外だわ。今までそんな男がいたかしら？　いえ、いなかったわ。

だとしたらあの男はなんなの？　もしかして不能なの？　だとしたらこの上なく厄介だし、まだ若いのに気の毒ね……。

そうしているうちに、また国王ユーリがやってくる気配がした。

わたくしはきゅっと襟元を正すと、国王の前に飛び出した。

お色気がダメでも、諦めるのはまだ早い。もしかしたら特殊性癖があるのかもしれないと思って、そのために女騎士として侵入してきたんですもの。

前回から一転して、今度は真面目な女騎士の表情で攻めてみるわよ。

「ユーリ国王陛下」

顔を輝かせるわたくしに、国王ユーリが一瞬驚いて立ち止まる。が、すぐに誰かわかったらしく、小さくうなずいた。

「ああ、君か」

そうつぶやくと、国王はまたすぐさまわたくしから視線をはずそうとした。

でも、そうはさせないわ！

わたくしは国王ユーリが歩き始める前に、用意したとっておきの単語を出した。

「都に来てから知ったのですが、剣にはこんなにたくさん流派があったのですね！」

その言葉に、国王ユーリの足がぴたりと止まり、視線が再びこちらに向けられる。

「わたくしは運よく、一番有名な流派を学べたのですが、ユーリ陛下の剣術はそれとは違うと感じました。一体どこの流派でございましょう？」

「流派か……。そういえば騎士団で面倒を見てくれた師匠に教わったが、これがどこの流派なのか、あまり深く考えたことがなかったな」

よし、乗ってきたわ！

やはりこの男は、お色気よりも仕事の方で攻めるのが正解だったのね。なんとしてでもこの機会をものにしないと！

「そうなのですか？　わたくし、その剣術にとても興味がありますわ。もちろん、わたくしごときが身に付けられるとは思っておりませんが、剣の腕を磨くためぜひご教授いただけたらと……！」

「そうなのか。構わないが」

返ってきた返事に、わたくしはパッと顔を上げた。

「まあ！　まさかユーリ陛下が直々に教えてくださるなんて――」

「君に教えるよう、ハロルドに言っておこう」

「えっ」

は、ハロルド？　誰それ？

国王ユーリが教えてくれるわけではないの？

硬直するわたくしに、国王はかつて見せたことのないような爽やかな笑みを浮かべた。

「ハロルドは口こそ悪いが、ああ見えて面倒見はいいんだ。教えるのも上手だし、君も彼に教わればきっとすぐに上達する。私から話をつけておくから、思う存分学んできてくれ」

ニコニコした国王の言葉から感じ取れるのは、悪意や含みのない、完全なる善意だ。

「あっ。えっ」

「君が強くなってくれれば心強い。私がそばにいない間、代わりにエデリーンを頼んだぞ」

言って、国王ユーリがわたくしの話も聞かず、「では」と手を上げる。

かと思うと、さっさと歩いていってしまった。

残された私はぽかん……と口を開けて、その場に立ち尽くすほかなかった。

❖

あああ！　もう！　本当にあの男は、一体なんなのよ！

後日、私は護衛対象である王妃と聖女が絵本を読むそばで、内心とてつもなくイライラしていた。

認めたくはないが、わたくしの魅了はあの男には効かないらしい。

普通の男であれば、私が眼《め》を見ただけで心に下心とも言うべき隙が、必ず生じるのだ。

その隙は扉の隙間のようなもので、そこにわたくしの魔力を流し込んで魅了するのだが……国王の場合、心の扉がこれでもかというぐらいガッチリと硬く閉まって、魔力を流し込むところまでいかない。

まさに門前払いとでも言える悲惨な結果に、私は歯ぎしりした。

なんなの……!?　もしかして本当に不能？　あるいは女性に興味がない？

それならばと国王が好きそうな剣術の話題を振ってみたら、乗ってきたはいいものの、やはりわたくし自身にはこれっぽっちも興味がないらしい。

でも王妃エデリーンにはあんなにデレデレしたわよね？

だとしたら、王妃一筋すぎてわたくしの魅了が通じないっていうこと？

そんなばかな！

そこまで考えて、わたくしはギリッと唇を噛んだ。

ただの人間にわたくしが負けるだなんて、あってはならないわ！　きっと何か加護が何かついているのよ。知らないけどきっとそう。

この間廊下でショコラに脅された時、聖女の周りはわたくしが思っているよりずっと守りが堅固と言っていたけれど、あながち嘘ではないのかもしれないわ……。

まずいわね。何か打開策を考えないと。

そうやってわたくしが考えている間に、気づけば王妃が扉の方へと向かっていた。

すぐさまお供しようとするわたくしに、王妃が制止をかける。

「あ、リリアンはここに残ってくれるかしら？」

「ですが」

わたくしはあなたの騎士です。そう言おうとしたわたくしに、王妃が首を振った。

「ハロルドと秘密の相談事をしたいから、あなたにはお留守番してアイを守っていてほしいの。大丈夫よ、代わりにオリバーを連れていくから」

言って指さしたのは、双子騎士のオリバーだ。

さすがのわたくしも、主の命には逆らえない。

王妃と騎士が何やらニコニコしながら部屋を出ていくと、部屋の中にはわたくしと聖女アイのふたりきりになった。どうやら侍女たちもそれぞれの仕事でいないらしい。

……気まずいわね。

わたくしはちらりと横目で聖女アイを見た。聖女は絵本に夢中らしく、ひとりで一生懸命、赤い妖精が描かれた絵本を読んでいる。

ふぅん、五歳って絵本読めるのね……。人間の子どもなんてまったく興味がなかったから初めて知ったわ。

観察していると、ふいに聖女アイがこちらを見た。

大きな黒い瞳とバチッと目が合って、わたくしはあわてて目を逸らす。

うっ、まずいわ……。前も言ったけれど、わたくしは子どもが大の苦手なのよ。

魅了は効かないし、泣くし、うるさいし、言うことはきかないし、いいことなんてない。

だからどうかこのまま放っておいてほしい。

けれどわたくしの願いはむなしく、聖女は座っていた椅子からぴょんと飛び降りると、とてとてとわたくしの方に向かって歩いてきた。こういう、遠慮がないところも苦手なのよ。

「りりあんさま」

けれど苦手だからといって、無視はできない。この年頃の子どもは親に告げ口するのだって得意なのだ。わたくしは無理矢理笑顔を作った。

「アイ王女殿下。わたくしのことは様付けではなく、呼び捨てで大丈夫でございますよ」

「なら……りりあんおねえちゃん？」

お姉ちゃん。それもどうなのかしらと思いつつ、わたくしは答えた。

「はい、なんでございましょう」

目の前でわたくしを見上げる聖女は、見た目は本当にただの子どもだ。

もちろん、大きな瞳に形良い鼻、子ども特有のぷるんとした唇など、ひとつひとつが完璧に整った美少女であることは間違いない。だが、それだけだ。

先代聖女であるサクラ太后陛下のような、見るものを圧倒するような気品や威圧感はない。正直、この小さな少女が聖女だと言われても、あまりピンとこない。

そんなことを考えているわたくしの前で、聖女アイはちらりと横に視線を走らせた。

そのままキョロキョロと部屋の中を見回す。……まるで、自分たち以外に誰かいないか、確認しているようだ。

けれどわたくしと聖女の他にいるのは、猫のふりをしているショコラだけ。

「どうされましたか？」

「あのね、あの……」

まだ念入りに部屋の中を確認しながら、聖女がそっと近づいてくる。

「おみみ、かしてくれる？」

「承知いたしました」

誰もいないのに、内緒話？

まあ、このくらいの子どもならよくあるのかしら。ごっこ遊びの一種かもしれないわね。

そう思いながら付き合いで耳を差し出したわたくしに、聖女アイは囁いた。

「あのね……りりあんおねえちゃんって……〝まもの〟なの？」

――その瞬間、わたくしははじかれたように後ろに飛びすさっていた。

なんっ……！ なんで⁉ どうしてその単語が⁉

「な、なんのことでしょう……⁉」

平静を装ったつもりが、少し声が上ずってしまう。

完全に不意打ちだった。

「あのね、アイ、『まものたんち』っていうすきるがつかえるから、ぜんぶわかるんだ」

魔物探知⁉

確か聖女はスキルと呼ばれる特殊な技を使えると聞いたことがあるけれど、もしかしてそのひとつなのかしら⁉

ついさっきまでただの子どもだと思っていた目の前の少女が急に恐ろしく見えてきて、わたくしはごくりと唾を呑んだ。

この子……ふたりきりの時に打ち明けてくるなんて、一体何が狙いなの⁉

いえ、もしかして国王や王妃も、このことを知っているの……⁉

状況が摑めなくて、わたくしは急ぎ辺りを見回した。もしかしたら王妃たちが、隠れて襲ってくるかと警戒したのよ。

「おねえちゃん、しょこらといっしょだよね？　あのね、しょこらもまものなんだよ」

って、あっちもバレてるの⁉

わたくしが驚いてショコラの方を見ると、黒猫は全然気にしていない様子で「ふにゃ～あ」とのんきにあくびをしている。

「なっ！　どっ……⁉　そ、そのことは、王妃陛下も知っているのかしら……⁉」

動揺しながらなんとか言葉を絞り出すと、聖女はふるふると首を振った。さらさらでやわらかな黒髪が、その拍子にふわりと揺れる。

「ううん。ママはしらないとおもう。びっくりしちゃうとおもって、ないしょにしてるの」

「そ、そうなの？　じゃあ、わたくしのことも内緒にしてくださる……？」

「いいよ！」

恐る恐る聞けば、驚くほどあっさりと聖女はうなずいた。

ほっ……。やっぱりこのあたりは子どもね。こんな大事なことを親に隠すなんて、いけない子！

……まぁそのおかげでわたくしは助かっているのだけれど。

ひとまずは身の危険が去ったようで、せっかくだからわたくしは聞いてみた。

「ねぇ……その魔物探知って、どういう風にわかるのかしら？　わたくしは他の人と違うように見えるの？」

質問に、聖女アイがこてんと首をかしげる。

「あのね、おねえちゃんはすぐにわかったよ。アイたちのところにくるまえから、ずっとまちでぴかぴか、ぴかぴかしてたもん」

「ぴかぴか……？」

何かしら。隠しているはずの魔力が発光しているとでもいうの？　それだったら神聖力を持つ神官たちの方が、よほど光っていそうだけれど。

考えていると、そこに「にゃあん」という鳴き声がしてショコラがやってくる。

「難しく考えたって無駄よ！　あたいも色々聞いたけど、『なんとなくわかる』ってやつで、まだおちびに言語化はできないわよ！」

ねえ、ちょっと。この猫普通に喋っちゃっているじゃない。

おかげで誰かに見られていないか、わたくしが辺りを確認するはめになったわよ。

でもショコラが魔物だというのはもう知っているようだし、聖女本人も喋り出した黒猫に驚いてはいない。もしかしてこのふたり、日常からこうやって会話をしているのかしら。

「それにしてもあんた、ずいぶん苦労しているみたいじゃない」

急に気安い空気を出しながら、黒猫がニヤ、と口の端を吊り上げる。

「何をする気なのかと思ってずーっと見てたけど、あんた、おちびのパパに色仕掛けしているんでしょ？　でも全然うまくいってない」

言って黒猫はニヒヒと意地悪く笑った。目が三日月のように細く薄くなっていて、思わずわたくしはムッとする。

「し、仕方ないでしょう。あなただって言っていたじゃない。聖女の守りは固いって。どうせ国王ユーリにだって、何かしらの加護がかかっているんでしょう？　あの大神官だって、あんな見た目でえぐい技使ってくるんだから！」

「おちびのパパ？」

丸くてもふもふの手を顎にあてて、ショコラが首をかしげる。それを真似するように、隣では聖女アイもぐぐ～と首をかしげている。

「ねえ、おちび。あんた、パパに何かやったっけ？」

「ううん。パパにはなにもしてないよ。ママにはしたけど」

まるで友達と会話するような気軽さで、聖女アイとショコラが会話をしていた。

「ちょっとちょっと……あなたたち、そんな感じだったかしら⁉　この数日見てきたけど、人間の言葉で会話したことないわよね⁉」

突っ込むわたくしを見て、ショコラはふっと鼻で笑った。……腹立つ顔ね。

「当たり前じゃない。他の人間がいる前ではちゃんと猫語で会話してるわよ。ね？」

「うん！　アイはどっちもわかるからだいじょうぶだよ！」

言って、ショコラと聖女が手と肉球を合わせてキャッキャと笑っている。

……何この幻想ほのぼの空間。

この猫、仮にも上位魔族のはずなんだけれど、もはや魔物としての威厳ゼロね。

それと、もうひとつ気になる言葉がある。

「ねえ、『パパにはなにもしてないよ。ママにはしたけど』ってどういうことなの？　一体何をしたの？」

聞くと、聖女アイが「うーん」とうなった。そこにまた訳知り顔でショコラが口を出す。

「しょうがないわねえ……新入りのあんたのために、あたいが説明してあげるわよ」

新入りて。

わたくしは刺客なのであって、聖女の愉快な仲間たちみたいな言い方しないでくれる？

あとショコラがドヤッ……てしている顔、すごくイラッとくるわ。

「おちびはね、聖女だから色んなスキルが使えるのよ。魔物探知もそうだし、おちびのママにかけたあれ……あの……なんだっけ？　アレ」

全然覚えていないじゃない。

聖女アイを見る黒猫に、わたくしは心の中で突っ込んだ。

「えっとね、ママがいってたよ。さいのう……さいのうかんち？」

「ああ、それそれ。〝才能開花〟ね！」

またドヤァッと音が聞こえてきそうな勢いでショコラがふんと鼻息をついた。

いや聖女に言われるまで思いっきり忘れていたわよねあなた？

わたくしのじとっ……とした視線をものともせず、ぐいーっと立ち上がった黒猫が、ぺしぺしと聖女の肩を叩く。

「おちびにはね！　みんなの秘めたる力を開花させるすんごい力が備わっているのよ！　人間だけじゃなくて、魔物にも適用されるのよ！　ねっ、おちび？」

ショコラに言われて、聖女アイは照れていた。かぁぁっと頬を染め、もじもじと手でスカートを握っている。

「う、うん」

「んもう。あんたがそんなに恥ずかしがってどうするのよ。自信を持ちなさい。おちびのそれはすっごいんだって、あたいが保証してあげるから！」

なんて言いながら、ピンクの肉球をつけたもふもふの手が、聖女アイのほっぺにぷにぷにと押しつけられている。

「……うんっ！」

黒猫に励まされて、聖女が嬉しそうに笑った。

頬にはまだ赤みが残っているものの、心から喜んでいるのがわかるまぶしいほどキラッキラの笑顔だった。

思わずわたくしは目を細めた。

一瞬――ほんの一瞬だけ、わたくしはいつも聖女を可愛がっている王妃の気持ちがわかった気がしたの。

こんなに無邪気で、そして愛らしい笑顔を向けられたら、確かに守ってあげたくなるのかもしれないわね……。母性なんてかけらもないわたくしがそう思うんだから、人間にはもっと効果てきめんなのでしょう。

じっと見つめていると、またショコラが得意げに言った。

「おちびには、なんかよくわかんないけど、色々見えているんでしょ？」

「なんかよくわかんないけどってだいぶ雑ね……」

我慢しきれず口に出た。

「わかんないいんだからしょうがないじゃない。おちび、キンセン――じゃなかった、リリアンに説明してやってよ」

「うん。あのね……」

顔を上げた聖女アイが、わたくしのことをじっと見つめた。元々大きな瞳がさらに大きく見開かれ、キラキラと、文字通り星を吸い込んだようなきらめきを放つ。

……い、一体何が見えているというのかしら？

「おねえちゃんもね……つぼみ、あるよ」

言って、聖女アイがわたくしの胸を指した。

つぼみ？

釣られるように自分の胸元を見てみたけれど、わたくしには何も見えない。

「このつぼみ……っていってもあたいは見えていないんだけど、これにおちびが触ると、なんかみんな新しい才能に目覚めるみたいなんだよねぇ。すごいでしょ？」

「ふうん……？」

新しい才能って？　今聖女アイがわたくしのつぼみとやらに触れれば、わたくしも何か目覚めるということ？

まだ目の中に星を湛えた聖女が、じっとわたくしの胸元を見つめている。

「おねえちゃんは……ごはん、なにたべてもぜんぜんおいしくないの？」

その言葉に、わたくしはぎくりとした。

……そんなこと、生まれてから一度だって、誰にも、主様にですら言ったことがないのに、なんでそんなことがわかるの……⁉　まさかそれが聖女の力だとでも言うの⁉

聖女の言葉に、ショコラが元々猫にしては丸い目をさらに真ん丸にする。

「リリアン、あんたもしかして味覚が死んでるの？　それはかわいそうね。サキュバスってみんなそうなの？」

「別にそういうわけじゃないわよ」

サキュバスだからといって、全員がそうなわけではない。

わたくしが味を感じないのは、上位魔物だからにほかならない。

能力が低い下級サキュバスたちはむしろ、おいしそうにご飯を食べているのを見たことがあるから、彼女たちはきっと味がわかるのだろう。

ただ、ご飯の味がわかったところで魔力が強くなるわけでもないし、生命維持にだって必要じゃないから、特段羨ましいと思ったことはなかったわ。

わたくしはごまかすように、サッと胸元を隠した。それでつぼみとやらが隠れるかは知らないけれど、なんとなくこれ以上そのことに触れられたくなかったのよ。

だというのに、聖女はことあろうに逆にとことこと近づいてきた。

これだから子どもは！

「だいじょうぶだよ。あのね、なべのおじちゃんのごはん、すっごくおいしいんだよ。りりあんおねえちゃんも、こんどいっしょにたべよ？」

鍋のおじちゃんて誰よ。

あと、ちょっとこれ以上近づかないでほしいんだけど……！

警戒して後ずさりするわたくしの前で、聖女アイが両手を掲げた。

小さな手と手は小指同士でくっつき、指を、まるで咲いた花のように広げている。

――かと思った次の瞬間、わたくしの中で何かがぽぅ、と灯《とも》った気がした。

何これ……？

『灯る』

そう、今の感覚はその言葉が一番ふさわしい。

まるで出番がなくてずっと眠っていた蠟燭《ろうそく》に火が点《つ》き、心の中でゆらゆら揺れているような。そして蠟燭の火が、じんわりぽかぽかと、あたためてくれているような。

動揺するわたくしが胸元をまさぐっていると、聖女が「できたよ！」と目を輝かせた。

「おねえちゃんのおはな、さいた！」

聖女は、やりました！　とばかりに胸を反らし、ふんす！　と鼻を鳴らした。

ショコラが牙を覗かせて、ニパ～っと笑う。

「やったじゃん！」

「ちょ、ちょっと待ってよ。咲いたって、なんのことなの⁉」

「さぁ？　でもおちびが咲いたって言ったんなら咲いたのよ」

返答が雑ね！

確かに、心……いや、胸？　の辺りはあたたかいけれど、だからって一体なんなの⁉

子どもの聖女がうまく説明できないのはしょうがないとして、ショコラはもうちょっとどうにかなったでしょう⁉

なおも口を開きかけたその時だった。

廊下の方から足音と人の気配がして、わたくしはハッとしたの。すぐさま背筋を正し、笑顔を浮かべ、『護衛騎士リリアン』の表情を作る。

間髪入れずに部屋の扉が開いて、外出していた王妃と騎士が入ってきたのだ。

「今戻ったわ。……あら？　アイは、リリアンと遊んでいたのかしら？」

パッと顔を輝かせた聖女アイが、王妃に駆け寄っていく。

「ママっ！　おかえりっ！」

そのまま聖女はがばりと王妃の腰に抱きついた。それをしゃがんで抱きしめながら、王妃がうふふと嬉しそうに微笑む。

「なんだか楽しそうな顔だわ。何をしていたの？」

「あのね、あのね、りりあんおねえちゃんにも、おはながさいたんだよ！」

「おはな？」

王妃がきょとんとした顔になる。

「そういえば、前にママにもお花が咲いたと言っていたわね。あれのことかしら？」

「うん！」

「リリアンにはどんなお花が咲いたの？　サクラのおばあちゃんのような綺麗なお花かしら？　それともママのような、ぷらんぷらんしたお花？」

ぷらんぷらんしたお花って何……？

わたくしが笑顔を張りつけたまま頭の中に「？？？」を浮かべていると、足元にいたショコラがトンッと床を蹴った。かと思うとするりとわたくしの肩に乗ってくる。

うっ。重い……！　この猫、意外と中身がずっしり詰まっている。

ショコラはそのままわたくしの頬にすりすりしてきたかと思うと、ゴロゴロと音を出しながら、王妃たちには気づかれないよう小声で囁いた。

「知ってる？　おちびのママってねぇ、なぜか寝てる時だけものすごい強くなるのよ。本人も周りも気づいてないみたいだけど、あれもおちびの『才能開花』ってやつらしいから、笑っちゃうよねぇ。ママ、意外と武闘派だったんだ、みたいな」

そう言って黒猫はケタケタと笑っている。

何がそんなに楽しいんだか、わたくしには全然わからないわ……。

目の前では聖女アイがきらきらした目のまま、王妃に向かって話しかけていた。

「おねえちゃんのおはなはね、おいしそうなんだよ！　おさとうでできたみたいな、きらきらのふわふわなの！」

「まあ……！　砂糖のお花だなんて、とっても可愛いわ！　アイは本当に、素敵なものを思いつく天才なのね」

言って王妃エデリーンは、心底嬉しそうに聖女アイのほっぺを両手で挟んでもにゅもにゅとした。聖女は聖女で、「えへへ」とされるがままになっている。

「そうだわ！　せっかくなら絵に描いてくれないかしら？　ママ、お砂糖のお花が見たいわ！」

「いいよ！」

ぴょんぴょんと跳ねながら、聖女アイが王妃のエデリーンの手を引いて歩く。

机の周りには色とりどりのパステル画材が入った箱があり、聖女はそれを使って早速『おいしそうな花』とやらを描いている。王妃エデリーンはそれを褒めたり拍手をしたり、ニコニコしながらずっと見守っていた。

そこへ、騎士のオリバーが咳払いした。

「あっいけない。忘れていたわ」

途端に、王妃がパッと顔を上げる。釣られて聖女も不思議そうに王妃を見た。

「以前、リリアンのためにお茶会を開くと言ったでしょう？　急だけれど、今日ならユーリ様も空き時間があるらしいから、開催しようかと思って」

王妃が騎士オリバーにうなずくと、彼はそそくさと部屋の中から出ていく。

かと思った数分後には、双子の片割れやいつもの三侍女たちが、机やら椅子やらをワーッと部屋の中に運び込んできた。

彼らはいつも明るいが、今は特に皆の顔が輝き、ひと目で浮足立っているのがわかる。

慣れた手つきでちゃっちゃと部屋のセッティングを終えると、オリバーは目を輝かせた。

「終わりましたので、ハロルド様に確認してきますね！」

「お願いいたしますわ。さあアイ、一緒にパパを呼びに行きましょう？」

そう言って差し出された白魚のような指に、聖女アイが飛びつく。すぐさまわたくしもついていくと、後ろからふたりをじっと観察した。

王妃エデリーンは、金の髪に水色の瞳。聖女アイは黒い髪に黒い瞳。色味も横顔も全然似ていないけれど、手を繋いで歩く姿は本当に仲のいい母娘《おやこ》そのものなのね。

やがてたどり着いた執務室で王妃が呼ぶと、ものの数分もしないうちに国王は出てきた。

国王は普段の、わたくしと話している時に見せるような、淡々とした態度をふたりに向けたりはしない。顔にはこの上なくやわらかな微笑みを浮かべ、何より色味の濃い青い瞳には、キラキラとした光が宿るのだ。

まるで宝物を前にした、少年のような輝き。

王妃に向ける熱い視線や、聖女と話す時の頭の動き。その仕草のひとつひとつ全部に、『君たちが大切だ』という強い気持ちが宿っている。

……なるほど。これも手ごわい原因なのかもしれないわね。

仲睦《むつ》まじい三人の姿を見ながら、わたくしは目を細めた。

経験上、男女の仲を裂くだけならそう難しいことではないのだけれど、時たま妙に時間がかかる場合がある。

それは恋仲としてだけではなく、『家族』としての結びつきが強い夫婦が現れた時だ。子を通して固く結ばれた絆は、さすがのわたくしも秒で終わり、とはいかない。

……といっても、最終的に意のままに操ってきたことには変わりない。この手段がダメなら手を変えるだけよ。

次の作戦を考えながら部屋の中で待機していると、しばらくしてざわざわと廊下が騒がしくなった。

「あ、来たのかしら」

既に国王とともに着席していた王妃が顔を向けると同時に、部屋の戸が大きく開かれた。

その先頭に立っているのは、積みわらのようにほうぼうに伸びた茶髪に、ぎろりと吊り上がった三白眼の若い料理人っぽい男。

ってあら？　この男、以前どこかで……。ああ、この間わたくしと国王が模擬試合をした時に、そばにいた男じゃない。騎士かと思っていたけれど、料理人だったの？

「待たせたなみんな！　今日は王妃サマのご要望で、ドーナツパーティーだぞ！」

「どーなつ!!」

王妃の隣に座っていた聖女が、目をきらっきらに輝かせてぴょこんっと立ち上がった。

「やった！　ドーナツ！」

「あたし、ドーナツ大好きなんですよね」

「あたしもぉ」

三侍女たちも、キャッキャと喜びながら席についている。

わたくしのためにと言っていたから、薄々もしかしてとは思っていたけれど、やっぱり雰囲気からして彼女たちも一緒になって食べるらしい。王妃もまったく怒る様子なく当たり前のようにニコニコしているし……本当に不思議な人たちね。

「さ、リリアンもここに座ってちょうだい」

そう言って指さされたのは、聖女アイの隣だ。

ちょっと……！　いくら護衛騎士だからって、そんなところに座れるわけがないじゃない！　それともこれは、不敬な行動をとらないか忠誠心を試されているのかしら⁉

「い、いえ、わたくしは端の席に」

「遠慮しなくていいのよ。ほら、リリアンが座らないと、パーティーを始められないわ」

「おねえちゃんはやくはやく！　どーなつたべようよ！」

ぶんぶんと手を振る聖女の口からは、早くもたらりとよだれが垂れている。

「にゃおおおん！」

後ろからちょっと圧の強い鳴き声が聞こえてきて振り向けば、黒猫がじとりとした目でわたくしを見ていた。その目にはこう書かれている。

『いいから早く座んなさいよ！』と。

く……こうなったら、覚悟を決めるしかないわ。

「では、失礼いたします」

わたくしが座ると、王妃はすぐさま料理人の方を向いた。

「それじゃハロルド、始めてくれるかしら！」

……ん？　ハロルド？　今、王妃はハロルドって言った？

ハロルドって、この間国王ユーリが『紹介する』って言っていた名前よね⁉　でも彼は料理人……いやでも確かにこの間の模擬試合にもいたし……えっ⁉

混乱するわたくしの前で、ハロルドと呼ばれた男がパンパンと手を叩く。

「おう、任せろ。おーい、運んできてくれ！」

男がそう言った途端、部屋の中にワッとお盆を抱えた大量の使用人たちが入ってきた。

ニコニコとした彼らが持っているのは、お皿に載った大量のドーナツだ。

よく見かける、真ん中に穴が開いた小麦色のドーナツに、つやつやとした黒茶の何かがとろりとかかったもの。丸をたくさんくっつけて輪にしたような不思議な形に、間にクリームがたっぷりはさまったもの、ピンク色のソースがかかったものまである。

「すごぉい！　いっぱいだぁ！」

きゃーっと声を上げたのは、聖女アイと三侍女たち。王妃エデリーンは貴族女性らしく静かに微笑んでいるが、その顔は嬉しそうだ。

きらきらと目を輝かせる聖女アイに、ハロルドが自慢げに鼻をごしっとこする。

「おう。気に入ったんならよかったよ。どうだ？　これは姫さんが言ってた『みせすどーなつ』みたいにできているか？」

「うんっ！　みせすどーなつに、そっくりだよ！」

『みせすどーなつ』？　ドーナツの名前か何かかしら……？

やりとりを聞いていると、聖女を見ていた王妃がわたくしの方を向いた。

「最初は甘いものならケーキかと考えていたんだけれど、この間アイが言っていたのを聞いて、急遽ドーナツにしてみたの。しょっぱい味のパイも用意しているわ」

「あ……ありがとうございます」

ニコニコする王妃に、わたくしはなんとか微笑み返す。それからドーナツの山を見た。

趣向を凝らしたドーナツは目にも鮮やかで楽しく、みんながうきうきする気持ちがわからないでもない。ただようふんわりとした匂いは甘く香ばしく、きっと食べたら、人間たちは『おいしい』と感じるのだろう。

けれどわたくしは……。

思い出してぎゅっと手を握った。

……今まで何度か、食べ物を『おいしそう』と思わなかったことがなかったわけではないのよ。湯気を立てるほかほかのシチューや、ぷるんと滑らかなゼリー、他にも色々な食べ物を摂取する機会があったのだけれど……結果は、全敗。

どんなにいい香りがしていても、どんなにおいしそうな見た目をしていても、口に入れたものはすべて砂の味に変わる。ゼリーですら、口に入れた瞬間、血濡れた臓物を食べているような気持ち悪さに変わり、嗚咽《おえつ》をこらえるのに必死になるのだ。

「アイねっ！　アイねっ！　このぽんぽんまるいのがいい！」

そう言って聖女が手にとったのは、小さな丸がたくさん連なったような形のドーナツだ。

でもドーナツといってもその見た目からして、あまり重みは感じない。なんだか全体的にふわふわとして、軽そうだ。

わたくしがじっと見つめる前で、聖女の口が「あーん」と大きく開かれた。

どーなつはそのままはむっと小さな口の中に吸い込まれ、もっもっという音が聞こえてきそうな勢いで、ぷくぷくにふくらんだほっぺが動く。

その顔は幸せそのもので、口の端についたドーナツのかけらすら、幸せの象徴に見える。

「ドーナツ、おいしーねえ！」

「喉に詰まらせないよう、気をつけなさい」

はむはむとドーナツにかじりつく聖女を、国王が見たことがないほど優しい瞳で見つめている。

彼はといえば、皿の上にドーナツ……ではなく、四角いパイのようなものを載せていた。

「リリアン、あなたもどうぞ食べてちょうだい。遠慮なんかしていたらあっという間に全部食べられちゃうから、早めにね」

王妃の言葉通り、目の前では使用人たちによるお上品なドーナツ争奪戦が行われていた。

皆、国王夫妻の目の前だから仕草は気をつけているようだけれど、サッ、サッ、とものすごい速さで皿からドーナツが消えていく。

わたくしはためらいながらも、目の前の皿から、聖女アイが選んだドーナツと同じものを手に取った。

本音を言えば、食べたくない。

けれど人間として振る舞うため、おいしそうな顔をしてみせなければ……。

不思議な形のドーナツは、手に取ってみると、何やらつやつやした白い膜のようなもので覆われていた。

蜂蜜……より色は白いし、手にとってもそれほどはべたべたしない。

何かしらこれ。でもなんだっていいわ。どうせ口に入れれば全部同じ、砂の味だもの。

そう思いながら、わたくしはドーナツをひとくちかじった。

——その瞬間、もちっ、ふわっ……とした感触とともに、砂の味ではない、優しい〝甘み〟が口の中いっぱいに広がったのだ。

「っ……!?」


わたくしは咄嗟に口を押さえた。

ぴりぴり、と、嫌悪感とは違う震えが全身を走る。

な、なに……!?　この味は……!?

衝撃のあまり、体が動かない。

それでいて、ドーナツを持つ手がふるふると震える。

わたくしはなんとかごくりと口の中のドーナツを飲み込むと、震える手を押さえながら、もうひとくちだけかじってみた。

ふわり。

ほのかに感じる、優しい甘みと香ばしさ。

噛むたびにドーナツはもちもちと口の中で弾み、新たな甘さが染み出してくる。

——それはまるで、枯れ果てて砂漠と化した大地に、一輪の花が咲いたようだった。

小さな花は咲いたかと思うと、瞬く間に不毛の大地に緑を塗り広げていく。気づけば茶色だった大地は緑一色になり、白や黄色、ピンク色の花が、さわさわと通り過ぎる風に撫でられて、気持ちよさそうに太陽を仰いでいるのだ——。

「――……アン、リリアン、大丈夫？」

王妃エデリーンの声に、わたくしはハッとした。

どうやら食べかけのドーナツを持ったまま、わたくしは幻覚を見ていたらしい。

「あ……」

「どうしたの？　もしかして、口に合わなかった？　だとしたらごめんなさい。今、お茶とお口直しを用意させるわね！　ハロルド――」

「あっ、いいえ、大丈夫ですわ！」

おろおろと焦って手を上げようとした王妃を、わたくしはあわてて制した。

「違うんです。その、あまりに……あまりにおいしくて……」

〝おいしい〟

自分の口から出た単語を、わたくし自身が一番信じられない気持ちで聞いていた。

なぜかしら……このドーナツを食べた瞬間、確かに〝おいしい〟と思ったの。

それに、この味が〝甘い〟というのも、自然とわかったのよ。まるで生まれたての子猫が、母猫の出すお乳は甘いとわかるように。

「りりあんおねえちゃん！　どーなつ、おいしいねえ！」

いつの間にか、黒茶のつやつやしたものがたっぷりかかったドーナツにかじりついていた聖女が、ほっぺを膨らませながらニコニコとわたくしに話しかける。

「アイのいったとおりでしょ？　なべのおじちゃんのごはん、すっごくおいしいんだあ！」

「はーいそこ。俺はおじちゃんじゃないって言ったの、これで六五六回目でぇす」

すかさず声をかけてきたハロルドの様子からして、聖女が言っている『鍋のおじちゃん』とはあの男であるらしい。王妃が目を丸くし、国王がなぜかうなずいている。

「ハロルド……あなた全部数えてたの？」

「ハロルドは見た目こそあんなだが、意外と細かいことを気にするからな」

「はーいユーリさん。見た目こそあんなってどういうことですかあ」

そんな彼らのやりとりを見ながら、わたくしはまたドーナツを食べた。

はむり。

一口ごとに広がるのは、圧倒的〝おいしい〟だ。

食べても食べても、ううん、食べれば食べるほど、おいしいはどんどん増えて、続いていく。

ひとくち。もうひとくち。

気づけばわたくしは次のドーナツに手を伸ばし、無我夢中で頬ばっていた。

第三章 初めてのおいしい

◇◇聖女アイ◇◇

りりあんおねえちゃんが、むちゅうでどーなつをたべている。

わたしはにこにこしながら、それをみていた。

おねえちゃんはおさとうのおはながさいたから、きっとおさとうがいっぱいはいったどーなつ、すきだとおもったの。


──いちばんさいしょにおはなをさかせたのは、ママだった。

しょこらがきてすぐ、しょこらがたまにぴかぴかひかるから、ママになんで？　ってきこうとした。そしたら、ママのむねのところに、おはなのつぼみがあったの。

それ、なあに？　ってきいても、ママはみえないみたい。

だからじーってみてたら、つぼみがじぶんでおしえてくれたの。

『アイを守る力が、私にもあればいいのに……。もっともっと、強くなりたいわ』

それはすこしさびしそうな、ママのこえといっしょだった。

わたし、そのこえをきいたら、むねがぎゅううぅーってなっちゃったの。

だって、ママがずっとわたしのことかんがえているんだよ？

そうおもったら、うれしくて、ぽかぽかで、ちょっとなきたいきもち。

でもわたしがないたら、きっとママはびっくりする。

だから、なかないかわりに、ママのつぼみにさわった。

そしたら、つぼみが、ぱぁってひかって、あかい、ぷらんぷらんしたかわいいおはなになったの。

それから、たまにみんなのつぼみがみえるようになった。

さくらのおばあちゃんも、しょこらも、パパも、ほーとりーのおじちゃんも、なべのおじちゃんも、みんな。

パパとなべのおじちゃんは、まだおはなをさかせてない。

でもりりあんのおねえちゃんは、さとうでできた、きいろのおはながさいた。はなびらがいっぱいで、まんまるで、とってもかわいいの。


おもいだして、くふふってわらってたら、にこにこしたママがわたしをみた。

「アイ、なんだかさっきよりも嬉しそうね。『みせすどーなつ』、そんなに気に入ったの？」

「うん！　アイ、だいすきだよ！」

にこにこしているママをみると、アイもとってもうれしくなる。

「アイが嬉しそうだと、ママも嬉しいわ。それにしても、アイが本当に賢くてママとっても助かっちゃった。アイが『みせすどーなつ』をよく覚えてくれていたから、ママも絵を描けたんだもの」

「アイの『映像共有』にハロルドの調理能力、それに君の画力、どれひとつ欠けても、きっとこのドーナツは再現できなかったんだろうね」

パパも、にこにこしてたのしそう。


わたしがどーなつをおもいだしたのは、ママがりりあんおねえちゃんのおかしをかんがえているときだった。

ママとなべのおじちゃんは、けーきとか、ばばろあとか、まふぃんとか、いろいろおはなししてた。

そのとき「どーなつ」ってことばがきこえて、わたし、ぱっとおもいだしたの。

ママのところにくるまえの……まえの、ママのとき。


そのひ、わたしはまえのママといっしょに、おそとにきていた。

ママはおおきなたてもののまえにくると、こわいかおでわたしにいった。

「愛《あい》。買い物してくるからあんたここの草陰で待ってなさい。いい？　騒いだりしないで、動かないでじっとしてるのよ。じゃないとあたし怒るから」

「はい、ママ」

わたしはいわれたとおりにした。

はっぱのうしろで、ちいさくちいさくからだをまるめて、だれにもみつからないように。

でも、ちらってうしろをみたときに、きづいちゃったの。

うしろのたてもののなか、とうめいながらすのむこうにね……どーなつが、いっぱい。い〜っぱい、あったの！

「わあっ……！」

うごかないでっていわれたけど、どうしてもみたくて、まどにぺたってくっついた。

おみせには、いろんなどーなつがならんでいた。


くるくるしたの。

ちょこれーとみたいなの。

しろいくりーむがはさまってるの。

ぴんくいろの。

ぽんぽんしているの。

ぽんぽんした、ちょこれーとの。

ちょこれーとだけど、きいろいつぶつぶがついたの。


いっぱい、いーっぱいあって、がらすのむこうで、きらきら、きらきらしてた。

なかではおとこのこが、おとこのこのママといっしょに、どーなつをかってる。

いいなあ。アイも、たべたいなあ……。

じーって、じ――――ってみてたら、おとこのこのママがわたしをみた。

それからおとこのこのママはおそとにでてきて、わたしにはなしかけた。

「あの……君、どうしたの？　もしかして迷子？　お母さんはどこにいるのかな？」

「あの……えっと……」

どうしよう。しらないひととはなしをしたら、ママきっとすごくおこる。

「お母さんとはぐれちゃったのかな？　一緒におまわりさんのところ行く？　たしか駅前に交番あったわよね……」

おとこのこのママがはなしてるよこでは、おとこのこがもうどーなつをたべていた。

まるいぽんぽんがつながったどーなつは、いいにおいで、ふわふわだった。

それに……なんだかもちもちしている。

わたしがじぃっとみていると、おとこのこのママがいった。

「……『ミセスドーナツ』、食べたことある？　よかったら、一個あげようか？　あ、でも今って、こういうの勝手にあげちゃだめなんだっけ……」

えっ！　どーなつ、くれるの？

わたしがかおをあげたときだった。

「愛っ!!　何してんの!!」

すごくおおきなこえがして、わたしもおとこのこもおとこのこのママも、みんなびっくりした。

ママだ。

「あ、この子のお母さんですか？　あの、この子――」

でもママは、すごくこわいめで、おとこのこのママをギロッてみた。

「ほら！　早く帰るよ！」

「はっ、はい、ママ」

わたしはもっとおこられるまえに、すぐにママとてをつないだ。

ちらってうしろをみたら、おとこのこのママが、しんぱいそうにわたしをみてた。

ごめんね、やさしくしてくれたのに……。

それに……。

おとこのこがたべている、ぽんぽんのどーなつをみて、わたしのおなかがぐぅとなった。

『みせすどーなつ』、たべたかったなぁ……。

◇◇王妃エデリーン◇◇

「――ママ。アイ、『みせすどーなつ』がたべたい……」

それは私とハロルドが、リリアンの歓迎お茶会で何を出すか、相談している時だった。

そばで遊んでいたアイが、急にぽつりと言ったのだ。

「『みせすどーなつ』?」

「なんだそりゃ」

聞いたことのない単語に、ふたりともきょとんとする。

そんな名前のドーナツ、あったかしら?

いいえ、あったとしても、アイはまだ市井には行ったことがないはず。

なら……もしかしてアイがここに来る前の、異世界の話かしら？

「もしかして、前にいたおうちで食べたもの？」

私が聞くと、アイの瞳にフッと影がかかった。

「ううん、たべたことないよ。でも、とってもおいしそうだったの……」

その口ぶりは最近のアイにしては元気がなく、どこか寂しそうだった。

……そうなのね。

なんとなく察してしまった私はハロルドから離れ、アイのそばに立った。

それからしゃがんでアイと同じ目線になったけれど、いつもだったらすぐ抱きついてくるアイが、今はどこか気まずげに視線をさまよわせている。

私はアイの頭を優しく撫でた。

「ねえ、アイ？ よかったら、その『みせすどーなつ』っていうのを思い出して、ママに見せてくれないかしら？ 今だったら鍋のおじちゃんもいるし、ぼたもちの時みたいに作れるかもしれないわ」

その瞬間、アイの顔がぱぁぁっと輝いた。

「ほんとうっ⁉ 『みせすどーなつ』つくってくれる⁉」

「おーい。今さりげなく鍋のおじちゃん呼ばわりしてませんでしたか王妃サマー？」

横からぶつぶつ言うハロルドを無視して、私はアイの両手を取った。

「もちろんよ！ ちゃんと『みせすどーなつ』の味になるかはわからないけど、でも鍋のおじちゃんも料理の腕だけは確かだもの！ 信じましょう！」

「あのー。料理の腕だけはって言葉が聞こえたんですけどー？」

「よしっ。じゃあ落ち着けるお部屋にもどろっか？　ママも見たものをすぐ描けるように、鉛筆を準備しなくっちゃね！」

「うん！」

私とアイは意気込むと、手を繋いで意気揚々と部屋を出ていく。それから振り返って、突っ立っているハロルドに向かって言った。

「ほらっ。ハロルドも早く行きますわよ？　あなたがいないと再現はできないんだから、早くついてきてくださいな」

「へいへい。まったく人使いの荒い王妃サマなことで」

ぶつぶつ言いながらも、ハロルドはついてきてくれたのだった。

「――ドーナツ……にしては、見たことのない形や質感のものが多いわね……」

部屋に戻り、早速私はスキル『映像共有』で、アイの記憶を見せてもらっていた。

マキウス王国の建物とは全然違う四角い建物に、不思議な形の服を着ている人たち。

あいかわらずアイの元いた世界は驚くようなものばかりで、アイは本当に別世界に住んでいたのだということを感じさせる。

アイの言っていた『みせすどーなつ』もそのひとつだ。

そもそも建物からして、壁の大部分が全部透明なのよ？　一体どういう風にできているのかしら？

ガラスはマキウス王国にもあるけれど、アイほどの子どもがべったりよりかかりなんてしたら、すぐに耐え切れず割れてしまうわ。

それに、中に置かれているドーナツもそうだ。私は侯爵令嬢として恵まれた生活を送ってきたし、この国のお菓子なら知らないものはないと思うくらい食べてきたけれど、それでもあんな風にねじれていたり、太陽のような不思議な形をしたドーナツはこの国では見たことがない。

でも、異世界なんだもの。アイのいた世界の方がよっぽど魔法が発展しているようだし、きっと私たちには想像のつかないようなこともあるんだわ。

「なんだこりゃ。これがドーナツ？　王妃サマの絵、間違ってないか？」

私がアイの記憶で見たドーナツを描くと、それを見たハロルドが顔をしかめた。

「いいえ、この通りよ！　色もつければもっとわかりやすくなるはず！」

「すごーい！　『みせすどーなつ』のどーなつに、そっくりだよ！」

私が腕を組むのと、アイがきらきらした目で絵を覗き込んだのは同時だった。

「お姫さんがそっくりって言ってんなら、本物なんだろうな……しかしどういう味がするんだ？　こりゃ」

「それを考えるのが、あなたの仕事よ」

「雑な仕事の投げ方だなあおい」

実際、ここにいる人物はアイを含めて誰ひとり『みせすどーなつ』の味を知らないのだ。

もちろん、ドーナツだから大きく味が変わることはない……とは思うものの、見た目が違うということは、味もきっと多少は違うはず。

「わかった。なら色味とか質感とか、とにかく見た情報を全部俺に教えろ。それで何かわかるかもしれん」

「わかったわ！　みんなで協力して、『みせすどーなつ』の味を、再現しましょう！」

「おー！」

私とアイは、拳を天高く突き上げた。


そうしてハロルドが試行錯誤を繰り返し、やってきたドーナツパーティーの当日。

最初はリリアンがあまり乗り気ではなさそうだった上に、ドーナツを食べた瞬間硬直してしまったから、苦手な味だったのかと思ってすごく焦ってしまったわ。

でもその後は平然と……いえ、むしろ嬉々として食べているのを見るに、きっと気に入ってくれたのよね？

ちらりと見ると、リリアンはばくばくと、まるで飢えた子どもが生まれて初めてドーナツを食べたように、ものすごい勢いでドーナツを平らげている。

そこに普段優雅で艶《あで》やかなリリアンの姿はなく、まるで別人だ。

皆が目を丸くしているのにも気づかないほどドーナツに夢中になっており、心配になった私が、そっとハロルドにドーナツの追加を頼んだほどよ。

「おねえちゃん！　これもおいしいよ！」

口の端にクリームやらチョコレートやらをつけたアイが、自分のお皿に載っていたドーナツをリリアンに差し出す。それは全体がぐるぐるとねじれた形をしており、なおかつ全体の半分にチョコレートが、真ん中にクリームが挟まれていた。

アイの『映像共有』で見たドーナツの中でも印象深かったものよ。

「……」

ドーナツを差し出されたリリアンが、無言でドーナツを受け取る。

あらあら！ まるで、言葉を忘れてしまったみたいね？

受け取ったリリアンは大きく口を開けたかと思うと、半分近くをばくっと口の中に納めた。そのまま一心不乱にもっもっと咀嚼《そしゃく》したかと思うと、ごくんと飲み込む。

「……おいしい」

誰に聞かせるためでもなく、確かめるようにつぶやかれた言葉。あまりに真剣な表情をしているから、気軽に話しかけていいかもためらわれるくらいだったわ。

「でしょ！ アイ、これもぜったいおいしいとおもったの！」

「おっ。ふたりともいいものに目ぇつけたな。このドーナツも作るのすげぇ難しかったんだぜ」

そこにひょいと乗り出してきたのはハロルドだ。

「王妃サマに絵に描いてもらったはいいんだけどよ、こいつだけなんか生地がやたら特殊で、再現するのに苦労したんだ。……っていっても合ってるかどうか、誰もわかんねーんだけど」

ワッハッハと笑うハロルドに、ユーリ様がねじれたドーナツを眺めながら言う。

「確かに他のドーナツに比べると不思議な生地だな。薄くて軽くて、ふわっとしている。そもそもこれは、ドーナツなのか……？」

「んまあ難しいことは気にすんなって」

「それにしてもハロルドは本当にすごいですわ。まさか私が言った『シュー生地っぽいですわね』という言葉だけで、本当に再現してしまうなんて」

「ふっ。俺はなんてったって料理の天才だからな。剣じゃユーリには敵わねえが、料理なら任せろ！ この『ふわふわ☆天使のくるくる☆シュードーナツ』も、俺じゃなかったらきっと再現できなかっただろうな！」

「ふ、ふわふわ……？　くるくる？」

やたら可愛らしいネーミングに、ユーリ様が戸惑う。

「そうだよ！　これ、ふわふわ☆てんしのくるくる☆しゅーどなつっていうの！」

「あ、ああ。なんだ、アイが名前をつけたのか」

どこかホッとしたように微笑むユーリ様に、ハロルドが言う。

「いや？　俺が名づけたが？」

「そう！　なべのおじちゃんがなまえつけたの！　かわいい！」

言って、どこで覚えたのか、アイが両手の人差し指と親指でハートマークを作った。

「んまあっ！　すっごくかわいい！　本当に天使のような愛らしさね！」

……隣では、ハロルドもアイとまったく同じポーズをしている。しかもウィンク付き。

「……でもこっちは全然、可愛くないですわね……」

「んだと⁉　こんなお茶目でかわいいお兄さん、他にいないだろうが！」

「エデリーン。ハロルドは一体どうしたんだ？　ドーナツの作りすぎで、ついに頭がおかしくなってしまったのか……？」

心配そうな顔をしたユーリ様が、こそこそと私に囁く。それを聞きつけたハロルドがびしっとユーリ様に指を突きつけた。

「おいユーリ！　本気で心配そうな顔をするんじゃねえ！　いたたまれないだろうが！」

隣ではすっかり私たちの茶番にも慣れたアイがケタケタと笑い転げている。

「なべのおじちゃんは、かわいいよぉ！」

「おう。ありがとうな姫さん。姫さんだけだよ、俺に優しくしてくれるのは……」

私たちがそんなやりとりを繰り広げている間にも、リリアンはずっとドーナツを食べていた。というか、そんなに食べて大丈夫なのかしら……⁉

リリアンが食べたドーナツは、パッと確認しただけでも、既に二桁近い。

「り、リリアン？　そんなに食べて大丈夫？　気持ち悪くなってしまわない？」

天使のシュードーナツも見た目は軽いとはいえ、やはりドーナツだということに変わりはない。

私がためらいながらも聞くと、そこで初めてリリアンはハッとしたようだった。

「もっ申し訳ありません。わたくしとしたことが、我を忘れて……！」

言いながら急いで口の端についたドーナツのくずを拭いている。

「でも、気に入ってくれたみたいでよかった。アイもハロルドも、きっとそれだけおいしく食べてもらえたら喜ぶわ」

「……はい」

返事をしながらも、リリアンはまだどこかぽぅっとしていた。

ドーナツの余韻を楽しんでいるのかもしれない。あんまり邪魔しても悪いわね……と思っていると、今度はアイがユーリ様にまたドーナツを差し出していた。

それはアイが最初に食べていたもので、丸い玉がくっついて繋がったような、不思議な形のドーナツだ。確かハロルドが『ぽんぽん☆サンリング』と名付けていたわね。

というかなんで毎回「☆」が入っているのかしら……？

「パパ！　アイはこれがすき！　ぽんぽん☆さんりんぐ！」

「ほう。名前……は置いておくにして、これも不思議な形をしているな。それになんだかすごくやわらかい」

言いながらユーリ様は、サンリングの玉をふにふにと押している。

「あのねえ、このもちもちはねぇ、さくらのおばあちゃんにおしえてもらったの！」

「サクラ太后陛下に？」

ユーリ様の言葉に、私はうなずいた。

ぽんぽん☆サンリングは、不思議な形の見た目もさることながら、触感……というか食感もとても不思議だったの。

アイは記憶の中で、男の子が食べていたサンリングを凝視していた。

普通のドーナツだったら、かじるたびにくずが落ちて断面はぼろぼろになると思うのだけれど、そのサンリングは断面に綺麗な歯形がついていたの。

ぼろぼろと崩れることなく、もっちり……そう、もっちりしていたのよね。

それをハロルドに伝えたら『ドーナツがもっちりなんて、ありえん』って言い捨てられてアイがぷんぷん怒っていたんだけれど……。

「アイとサクラ太后陛下は同じ世界から来ているから、もしかしたら『みせすどーなつ』そのものを知っているんじゃないかと思ったの。でも……」

残念ながら、サクラ太后陛下がいた時代にはまだ『みせすどーなつ』はなかったのだ。

「その代わり、〝白玉粉〟というものを教えてもらって、それをハロルドが作ったのよね」

「あれぁ結構大変だったぜ。潰したり濾《こ》したり乾燥させたり……」

ゴキゴキとこわばった肩を回しながらハロルドがぼやく。

「ま、おかげでモチモチのドーナツができたってわけだ。……本物がこれで合ってるかどうかはわからんが」

「見た目だけを頼りにしたにしてはとてもよく頑張ったと思うわ。もちろん本物がどんな味かはわからないけれど……少なくとも、私たちはみんなおいしいと思っているし、何よりアイが喜んでいるもの」

にこにこした顔でドーナツを頬ばっているアイを見て、私だけではなく、ユーリ様もふっと笑った。ユーリ様の大きな手が、ぽんぽんとアイの頭を愛おしそうに撫でる。

気づいたアイが、にへへと目を細めて笑う。

「あのねえ、アイはねえ、ほんものじゃなくてもいいんだよ。アイはね、ママやパパ、みんなといっしょにどーなつたべられるのがうれしいんだあ。いっしょにたべると、もっともっとおいしいきがする！」

ストン、と。

アイの言葉は、まるで天使が放った矢のように、まっすぐ私の心に刺さった。

「アイ……!!」

私はアイの言葉に、ぎゅん、と心臓をわし摑みにされていた。

ああ……！ わかってはいたことだけれど、改めて何度でも言わせてもらうわ。

アイったら、本当になんてすばらしい子なの⁉

本物の『みせすどーなつ』かどうかより、私たちと一緒に食べることが嬉しい⁉

そんなこと言われたら、もう、もう……！ 大好きになっちゃうじゃない‼

私が胸を押さえてふるふると震えている横では、眉間を押さえ、天を仰いだユーリ様が、ツ……と一筋の涙を流していた。

ハロルドはハロルドで「カーッ！ これだから姫さんは……！」とぶつぶつ言っているし、そばにいた三侍女や騎士たちは、滂沱《ぼうだ》の涙を流しながらドーナツを食べている。

変わらないのは、あいかわらずぼぅっとしているリリアンと、机の下でドーナツをガフガフ食べていたショコラぐらいよ。

「……ってショコラ！ ドーナツはだめよ！」

私が声をかけると、気づいたショコラがガッとドーナツをくわえて一目散に逃げていく。

ああっ！ 猫だから足が速い！

「俺、追いかけてきます！」

言って双子騎士のジェームズが走り出した。

「どぉなつくわえたくろねこ～、おーいかけーる～」

そんな追いかけっこを見てアイが何やら歌っているけれど……その歌、何？

私が首をかしげる横では、ユーリ様がニコニコと手拍子をしていた。

「ねえママ！　アイ、どーなつじぶんでつくりたい！」

アイがそう言ったのは、ドーナツパーティーから数日経ったある日のこと。

ユーリ様と私と、それからアイで朝ごはんを食べている時だった。

私に聞いたアイのつぶらな瞳は好奇心と期待でキラキラ輝いており、そこには「断られるかも」という怯えや、ためらいは少しもない。

「自分で作りたいの？　そんなにドーナツが気に入ったなんて」

今まであれが食べたい、これが食べたい、とリクエストしてくることはあれど、「作りたい」と言ったのは初めてだ。私が聞くとアイが答えた。

「あのね、りりあんおねえちゃんがどーなつだいすきなんだって！　だからアイ、つくってあげたいの！」

リリアンのために……!?　アイったら、あいかわらずなんて優しい子なのかしら！

……でも。

「そう、ね……」

――そこで珍しく私は表情を暗くし、言いよどんだ。

昔、三つ編みと同様、料理もやってみたいと家庭教師《ガヴァネス》に言ったことがあったの。

けれど……。

『エデリーン様、よく覚えてください。料理は、貴族がしていいことではありません』

いつも厳しい家庭教師の、さらに真剣で、深刻な口調。

『仮に侯爵令嬢であるあなたが料理をしていると知られたら、ご両親やホーリー侯爵家がどう思われるかご存じですか？　社交界の方々は口を揃えてこう言うでしょう。〝ホーリー侯爵家は、娘が料理を作らねばいけないほど貧しい〟と。同時にあなたの評判も落ちます。それぐらい料理というのは、貴族社会では忌避される行動なんです』

そう言った家庭教師の顔は、もう覚えていない。

けれどその口調から、料理は貴族令嬢として本当にしてはいけないことだという認識が、幼い私の心に刷り込まれたの。絵を描いたり猫を洗ったり、令嬢としては破天荒なことをたくさんしてきた私だけれど、唯一料理だけは、してこなかった。

それなのに今、私がアイに料理をさせたら……年頃になった時、他の令嬢たちに「あの子は自分で料理をする」と笑われてしまわないかしら？　大人になってから来た歴代聖女と違い、アイは令嬢たちに交じって成長することになるんだもの。

「ママ？」

いつもならすぐに返ってくる返事がないことに気づいたアイが、不思議そうに私を見つめてくる。

私はなんて答えたらいいのか迷い、途切れ途切れに言った。

「あのね、アイ……。アイが料理を作ったら……もしかしたら将来、皆に笑われてしまうことになるかもしれないわ……」

その言葉に、アイがきょとんと目を丸くする。

「わらわれるの？　なんで？　なべのおじちゃんもつくってるよ？」

……そうよね。

私はぎゅっと眉根を寄せた。

アイの言うことは、すごくまっとうだ。

生活していく上で欠かせない料理を、貴族だから行ったら恥だというのは、正直私も変だと思っていたんだもの。

だから本当ならアイの好奇心の赴くまま、料理だって経験させてあげたい。

そう思うのに……幼い頃に聞いたあの言葉が、私をしばりつける。

自分が笑われるだけならいい。

けれどアイは……私が最も大事で守りたい、自分の命よりも尊い存在なんだもの。

親としてどうするのが正解なのか、私は測りかねていた。

「……珍しいな、君がそんな風に言うなんて」

そこにぽつりと聞こえてきたのは、隣に座っていたユーリ様の声だ。

「貴族たるもの料理は恥、と聞いたことあるが、まさか君の口から出るとは思っていなかった。君はどちらかというと、誰よりも先にその慣習を飛び越えていきそうなのに」

その口ぶりに、私は少しだけ顔を赤くした。

「わ、私にだって多少の慎みはありますわ。それに、アイの将来にも関わることなんですもの。子どもは可愛いけれど、同時に正直で、残酷でもあります。料理をさせたことでもしあの子が笑われ、傷つくことを考えたら、申し訳なくて……」

私がぎゅっと手を握ると、なぜかユーリ様は微笑んだ。細められた瞳には、包み込むような優しい光が浮かんでいる。

「エデリーン。私は思うんだ。時代は変わる、と」

ユーリ様がゆっくりと、私に語りかける。

「父が亡くなり、私は国王になった。けれど君も知っての通り、私は黒髪黒瞳ではない、青目の王だ」

「そう……ですわね」

聖女の子ら——つまり歴代国王は、皆黒髪と黒い瞳を持っている。

けれど聖女の子ではないユーリ様は、黒髪こそ持っていても、その瞳は深い青色だ。

「そして王妃となった君も、聖女ではない」

私は静かにうなずく。

「何より、今世の聖女は今までとは違い、たった五歳のアイだ。すべてが異例のこと尽くしだが、同時にそれが今のマキウス王国であり、新しい時代の象徴だと私は思っている」

言いながら、ユーリ様の大きな手がくしゃりとアイの頭を撫でた。じっと私たちの話に耳を傾けていたアイが、くすぐったそうに目を細める。

「先人が築いてきた良き風習は受け継がれていくべきだが、不必要な、悪《あ》しき価値観まで受け継ぐ必要はないのではないか?」

その言葉に、私はハッとした。

……そうだわ。どうして気づかなかったのかしら。

幼い頃に問答無用で叩き込まれた考え方に対して、私は疑問を抱きつつも受け入れて生きてきた。

けれどユーリ様の言う通り、今後もそれを受け入れる必要は、どこにもないのだ。

「……ユーリ様のおっしゃる通りですわ」

私は顔を上げた。

ハロルドはユーリ様の臣下であり友だけれど、同時にアイにとっても、年齢の離れた良き友だと思っている。そんな友が心から愛する料理という行為を、アイにとって〝恥ずべきもの〟にはしたくない。

私はぐっと両手を握った。

「アイを守り育てるのはもちろん、アイだけではなく、今いる子どもたちが過ごしやすい未来を創る。それも、私たち大人の役割なのかもしれません」

「ああ。幸いにも私は国王。君は王妃だ。この国で私たち以上に権力を持っている大人はそういないだろう？」

そう言っていたずらっぽく笑うユーリ様を見て、私は目を輝かせた。

「そうですわね！　こうなったら、ガンガン職権乱用していかなければ！　ねっ、アイ！」

「しょっけんらんよー！」

「にゃおん」

おー！　と私の真似をしてアイも拳を突き出す。……あと気のせいかしら、ショコラも拳を突き出していない？

「その言葉選びはなんだか違う気がするよ、エデリーン……」

隣ではそんな私たちを見ながら、ユーリ様が苦笑いしていた。

✣

「――というわけで、ドーナツを一緒に作ってほしいの」

朝食後、ニコニコした私とアイは、めんどくさそうな顔で立つハロルドを見ていた。

やると決めたら即行動！　ということで、即、彼を呼び出していたのよ。

「作るのはいいけどなあ、ドーナツはやめておいた方がいいと思うぞ」

「だめなの？　どうして？」

「あのなぁ、王妃サマは知らないと思うから説明するけど、ドーナツはたくさんの油を使って揚げるんだ。その時気をつけないと、はねた油で火傷《やけど》をする」

「まあ、そうだったのね……!?」

てっきり包丁にさえ気をつければいいと思っていたけれど、料理にはそんなものもあるのね……。

「食事は毎日食べるものなのに、その作り方を今までずっと知らなかったなんて、なんだか自分が急に無知に思えてきたわ」

「貴族なんてみんなそんなもんさ。むしろよかったな、新しい扉を開けて。おめでとさん」

だるそうに言いながらも、ハロルドがパチパチと拍手をしてくれる。

「あ……ありがとう。それにしても困ったわ。油が危ないのならやめた方がいいけれど、アイはリリアンにドーナツを作ってあげたいのよね」

「うん！　だってりりあんおねえちゃん、おいしいってずっといってた！」

「なるほどなあ。そうなると揚げないドーナツもあるにはあるんだが、どのみち味が違ってしまうし……。だったら姫さんや」

言って、ハロルドがアイの目線にしゃがみ込む。アイがこてんと首をかしげた。

「ドーナツじゃなくなっちまうが、ドーナツに負けないぐらい、もちふわでおいしいものがあるぞ。しかもとびきり可愛い。どうだ、そっちを作ってみないか？」

「かわいい？ なあにそれ！ アイ、それつくりたい！」

すぐさまアイがぴょんぴょんと跳ねた。

「よっしゃ。ならそれを作るか。全員支度して、厨房《ちゅうぼう》に集合しな！」

「はぁーい！」

「にゃあーん」

元気いっぱいにアイとショコラが返事をした。そこにハロルドがビシッと指を突き付ける。

「おい、そこの猫。さも一緒にやります、みたいなノリで鳴いているけど、猫は厨房には立ち入り禁止だからな」

「にゃあん!?」

「いててっ！ 爪を立てるな！」

必死な顔をしてふとももにしがみつくショコラに、ハロルドが悲鳴を上げる。その声を聞きながら、私はじっとショコラを見つめていた。

……ショコラ、やっぱり人の言葉、わかっているわよね？

✣

「よし、それじゃあ今からハロルド先生のらぶりぃ☆クッキング教室だ！」

集まった王宮の厨房。中では私とアイとユーリ様、それからリリアンがエプロンをつけて立っていた。

私とお揃いの髪型の、大きなリボンで髪をポニーテールに結んだアイが、元気いっぱいに拳を突き出す。

「らぶりいくっきんぐ！」

「この間から思っていたんですけれど、ハロルドってずいぶんネーミングセンスが可愛らしいのね……!?」

なんとなく見た目からしてもっと厳つい、男っぽいものをつけそうな印象があるのに、実際出てくる名前は私ですらつけないような愛らしい名前ばかり。

ぼたもちの時は既にぼたもちという名前があったから、まさかハロルドにそんな趣味があったなんて気づかなかったわ。

「おう。料理は芸術であり愛だからな。やっぱ可愛くないと、やる気も出ないだろ」

「そ、そうね？」

確かに、アイが可愛ければ可愛いほど、私の創作意欲も上がってアイの絵をいっぱい描いてしまうから、似ているといえば似ているのかしら……？

考えていると、後ろから戸惑い気味のリリアンがそっと私に耳打ちした。

「あの、王妃陛下。なぜわたくしもこのような服を……？」

「ああ、実はアイと相談して決めたの。どのみちあなたは護衛としてこの場にいるのだし、それならただじっと見ているより、みんなで一緒に作った方が楽しいでしょう？」

「おねえちゃんも、いっしょにつくろっ！」

リリアンの手を握ったアイが、ぴょんぴょんと跳ねる。

「ご命令とあらば……」

言いながらも、リリアンはまだ戸惑っているようだった。

「それで、今日は何を作るんだ？」

腕まくりをしながら、ユーリ様が楽しそうに言った。

本当は今日も執務が山盛りだったのに、「……君たちと一緒に料理を作りたい」と言って、予定をすべて変更してしまったのよ。

「聞いて驚け。今日作るのは――らぶりぃ☆くまさんちぎりパンだ！」

「くまさんちぎりパン？」

初めて聞く名に、私とアイ、さらにユーリ様の声も重なる。

「中身はまぁパンなんだが、らぶりー具合は尋常じゃねぇぜ」

言いながら、自信満々のハロルドが厨房を指さした。そこには人数分の材料や器具が用意されて、私たちが料理するのを待つだけの状態になっている。

「パンはこねるのに力がいるからな。姫さんはユーリと一緒にやってみな」

「わかった！　パパいっしょにやろっ！」

「一緒に頑張ろうな、アイ」

アイとユーリ様が同じ調理台に向かう中、私は私の担当である調理台に向かった。

つるつるのタイルを並べてできた調理台の上には、小麦粉らしき粉と牛乳、バター、それに何かわからない粉もいくつかある。

「ちぎりパンの作り方は簡単だ。まず机の上にある材料を今から言う順番に入れて、ひたすらこねろ。生地がまとまって、表面がつるんとなめらかになるまで、しっかりだぞ！」

ハロルドの指示にしたがって、私たちはいっせいにパン生地を作り始めた。

こねてみて初めて知ったのだけれど、私たちが食べるパンはいつもふわふわやわらかなのだけれど、生地の時は意外と硬くて、結構な力仕事だ。

ちらりと横を見ると、アイは顔を真っ赤にしながら、よいしょよいしょと生地をこねていた。ひとりだとやはり力が足りないらしく、そこへ重ねられたユーリ様の手が、ぐっぐっと力強く生地をこねる。

「パパはちからがつよいねえ！」

「パパは大人だし、騎士は皆力持ちだからね」

騎士といえば……。

私がちらりとリリアンの方を見ると、彼女は一心不乱に自分のパン生地をこねていた。鬼気迫る表情は真剣そのもので、もしかするとこの場にいる誰よりも集中しているのかもしれない。

驚いたわ。てっきり今日こそユーリ様に声をかけるかと思ったのに、一瞥《いちべつ》すらしないなんて。本当に、人が変わってしまったようね？

リリアンが護衛騎士になってからも、隙あらばユーリ様に近づこうとしているのは気づいていた。

ただ幸いなことにユーリ様がまったくそれを気にしていなくて……というよりもそもそもリリアンがユーリ様に気があること自体気づいていなくて、無自覚のうちに誘いをかわしていたのよ。

だから私も放っておいたのだけれど、それがまさかドーナツパーティー以降、こんな風に変わってしまうなんて。

それに三侍女のひとりアンが教えてくれたのだけれど、以前のリリアンは出されたご飯を「わたくしは少食だから」と言ってほとんど手をつけていなかったらしいの。

でも今は逆に、他の誰よりもたくさん食べるそうよ。

もしかしてこのお城が安全な場所だとわかって、心を開いてくれたのかしら？　だったらこの間のドーナツパーティーは大成功ね。

私がニコニコしていると、様子を見に来たハロルドが生地を指で触った。

「まだ生地が甘《あ》めぇな。もっと気合入れてやらないと、膨らまないぞ」

「わ、わかったわ！」

うっ。手厳しい……。私はまたせっせとこね始めた。

その横でハロルドは、アイとユーリ様、リリアンの生地も触って確かめている。

「うん、姫さんの生地はしっかりこねられているな、合格。リリアンも合格だ」

落第は私だけというわけね……！

そこへ、アイがぴょこりと顔を覗かせる。

「ママ！　アイがてつだってあげようか？」

ハロルドに合格をもらったのがよっぽど嬉しかったのか、その瞳は自信とやる気に溢れていた。

「嬉しい、アイが手伝ってくれるの？　それならママも頑張れそうよ」

「いいよ！　じゃあアイがこねこねするから、ママもうえからやってね！」

言うと、すぐさま小さなおててが伸びてくる。まだ力が足りないから、アイがこねる姿はこねるというより押すという言葉に近かったけれど、真剣な顔で力いっぱい押している姿はそれだけでパン一〇〇斤は食べられそうなほど愛らしい。

「ママもなんだか元気になってきちゃったわ！」

言って、アイの手に手を重ねて、上からぎゅっぎゅとこねる。

「ママ！　もっとだよ！　パパはもっとつよかったよ！」

そ、そうなの？　これでも力いっぱいやっているんだけれど……！

そんなアイの叱咤《しった》激励を受けながら、私はなんとか合格をもらうことに成功した。

パンって、作るのは意外と大変なのね……！

額の汗を拭っていると、全員分の生地に濡れ布巾をかけ終わったハロルドがやってくる。

「生地を休ませている間に、お次はいよいよくまさんだ！」

「くまさん！」

「これは俺があらかじめ用意していた生地なんだが、みんなよーく見ていてくれよ」

そう言って差し出されたのは、真四角の型に小さく丸めて敷き詰められたパン生地。生地は白と茶色の二種に分かれていて、チェス盤のように交互に並べられている。

「ここにこうして、丸めた耳と鼻をつけるんだ」

言って、ハロルドが器用にフォークの先を使いながらパン生地に小さな耳と鼻をつけると、途端に生地がくまらしくなった。

「へえ、すごいな。一気にくまっぽくなった」

「ふふん。驚きはまだまだこれから。こいつは焼いた後が本番だぜ」

濡れ布巾をかけたパン生地が完成すると、今度はそれをふたつに分けて、片方にはココアの粉を混ぜ込んでいく。これが茶色の生地の秘密らしい。

「パパぁ。おみみ、おおきさがぜんぜんちがうよ？」

そんな声が聞こえて横を見れば、アイが上手に耳と鼻にちょうどいい大きさの丸いパン生地を作っているのに対して、ユーリ様のは……結構大きさに差があるわね。

「う、うむ……これがなかなか難しくてだな……」

「パパぁ。くまさんのおはな、おおきすぎるよ？」

「なんだ、姫さんの方が上手じゃねえか。ユーリはもっと頑張れ」

横ではハロルドがなぜかやたら嬉しそうな顔でバシバシとユーリ様の肩を叩いている。

「や、やめろ。手元が狂う」

ユーリ様は模擬試合の時のカッコよさが嘘のように背中を丸め、困り顔でちまちまと生地をこねていた。その姿は必死で可愛く、思わずふふふっと笑いがこぼれてしまう。

私に気づいたユーリ様がぽっと顔を赤くし、咳払いした。

「エデリーン。その、人にはそれぞれ得手不得手《えてふえて》というものがあってだな……！」

「そうですわね。でも私、剣を持っている時のユーリ様もかっこよくて好きですが、一生懸命頑張っていらっしゃる今のユーリ様も好きですわよ？」

その途端、ボボボボッと音がしそうな勢いで、ユーリ様の顔が赤くなった。

「おーおー。なんというかあれだな、王妃サマは無意識なんだろうけど、これだとユーリも大変だな」

「え？　何がです？　なんで褒めただけで大変なんですの？」

「いーやなんでもねえ。それよりみんなできたんなら、竈《かまど》に入れて焼くぞ！」

そう言って、ハロルドは棒のような器具を使って手際よく、ちゃっちゃとみんなの型を竈に入れていく。アイの時だけは、ハロルドが手伝いながらもアイに自分で竈に入れさせていて、そういうところの気遣いはあいかわらず完璧だ。

竈《かまど》に入れること数分――ふんわりとしたいい匂いとともに出てきたのは、膨らんでぷっくり焼き上がった〝ちぎりパン〟だ。

「わぁ！　いいにおい！　もうたべていいの？」

「まだだ。ここからが本番だからな！」

言ってハロルドがチャッと取り出したのは……何かしら、あの先端が尖った小さな袋。

「これは絞り袋と言って、ケーキを作る時に使うものの小型版なんだが……まあ説明するより見た方が早いから、よーく見てな」

私たちは自分の持ち場を離れて、ぞろぞろとハロルドの元に集まった。

調理台には先ほど、ハロルドが見本のために焼いたほっかほかのちぎりパンがあり、そこに彼が絞り袋を近づけていく。

かと思った次の瞬間、絞り袋の先端からニューッと茶色いチョコレートのようなものが出てきた。

それをハロルドはすばやい手つきで、スッスッと絞り袋を動かしていく。

そう時間が経たないうちに完成したのは――。

「わぁっ！ くまさん‼」

「可愛いわ！」

現れたのは、なんとも可愛らしいくまさんの顔だった。

焼かれて膨らみ、みっしりと詰め込まれたパン全部につぶらなおめめと鼻が描かれて、まるでくまの詰め合わせみたいになっている。

「焼く前も可愛かったが、目を描くとさらに可愛いな」

その可愛さには、ユーリ様も思わず顔をほころばせるほどだ。

アイに至っては感動で言葉を失ってしまったらしく、キラキラ、キラキラと大きな目をこぼれんばかりに見開いてとりつかれたように見入っている。

「さ、こっからは王妃サマに姫さんのサポートを頼めるか？ ユーリには……任せてたらとんでもない化け物ができること請け合いだからな」

「わかったわ！」

「と、とんでもないとはどういうことだ。私にだってくまの目くらい描けるぞ」

「本当かぁ？ じゃあ試しにもう一個余分に焼いておいたから、ユーリはそっちに描け」

「わかった」

とんでもないって、どんなのかしら？ 思いながら私は尋ねた。

「ねえ、試し描きとして、先に自分のを終わらせてもいいかしら？」

「もちろんだ」

早速自分の調理台に戻ると、私はアイに見守られながらまず自分のちぎりパンに、くまの顔を描いてみた。

「わぁ！　ママじょうず！」

……うん、やっぱり！

出来上がったくまさんはハロルド作のものに負けず劣らず、愛らしい出来だ。

ようは筆の代わりに絞り袋で絵を描けばいいだけだから、思った通りこれは私の得意技だったのよね。これならアイにも教えられそうだわ！

「これはね、強く握りすぎないのがコツよ。一度ここに描いてみましょう？」

「うん！」

一緒に練習していくうちに、アイも感覚を摑んだらしい。もちろん大人ほど綺麗には描けなかったものの、それでも五歳児としては素晴らしい仕上がりのくまさんを描いていた。

「アイったら本当に飲み込みが早くて上手だわ！　なんて可愛いくまさんなのかしら」

「えへへ、これ、たのしいねぇ」

ニコニコと、アイもご満悦だ。

「ママのちぎりパンでまだ顔を描いてない子がいるから、こっちにも描く？」

「うんっ！」

私とアイがきゃっきゃうふふとしているそばでは、リリアンも真剣な表情でちぎりパンの顔を描いていた。たどたどしいながらも一生懸命描いたとわかるくまの表情が、なんだか素朴で愛らしい。

かと思っていたら……。

「ぶははははっ！　ユーリ、やっぱりお前はユーリだよ！」

「そ、それはどういう意味だ。いい出来だろう⁉」

なんていうやりとりが聞こえてきて、私とアイが不思議そうに顔を見合わせる。

「ママ、みにいこっ！」

「ええ！」

たたたっと駆け寄った私たちがユーリ様の机で見たのは――。

「な、なんですのこれは⁉」

「パパ、くまさんのおめめから、ちがでてるよぉ⁉」

そこにいたのは可愛いくまさん――には到底見えない、苦しみに悶絶《もんぜつ》するくまだった。

大きく見開かれた目には、黒目がそれぞれ左右逆を向いており、さらに血の涙を流している。鼻もぐずぐずに崩れている上にこちらも大量の鼻血が出て、まるで地獄の竈《かまど》に入れられて焼かれたくまが阿鼻《あび》叫喚している地獄絵図のようだ。

「そもそもなんで白目が存在するんですの⁉　狂気を感じますわ！」

ちょん、と丸いおめめを描くだけで十分可愛いのに、なんでこんなに大きく目を描いているのかしら⁉　しかもなんで黒目がそれぞれ違う方向を向いているの⁉

「そ、それは……ほら、くまは強い生き物だろう？　それで強そうにしようとしたら、思ったより手元が震えてしまってだな」

気まずそうにユーリ様が咳払いをしている横では、ハロルドがお腹をかかえて笑い転げている。

「やっぱりな！　騎士団にいた時から絵を描かせたらとんでもないことになるから、こうなる予感はしてたんだ！」

そうだったの⁉　まさかユーリ様に、そんな弱点があったなんて……。

「いやー。我ながらユーリ用を別に作っておいたのは正解だったな。でないと姫さんのくまさんが血まみれになっていたところだぜ」

その言葉に私はコクコクとうなずいた。もしアイのくまさんがそんな恐ろしいことになってしまったら、さすがのアイも泣いていたに違いない……。ナイスハロルドよ！

そんな恐怖のやりとりも終えて、なんとか全員無事に顔を描き終えれば――。

「よーし！　らぶりぃ☆くまさんちぎりパンの完成だ！」

「わぁーい！」

「全部集まると、本当に可愛いですわね！　……一か所だけ異様な雰囲気を放っているけれど……」

大量の可愛らしいくまさんに交じる血まみれのくまをちらりと見れば、ユーリ様が頬を赤らめてごほんと咳払いした。

「これでも頑張った方なんだ」

「ほぉーら姫さん、ちぎって食べてみな。顔を描いている間に、ちょうどいいあったかさになったはずだ。今ならほかほかのふわふわだぜ」

ハロルドに差し出されて、アイがきらきらと目を輝かせながら、そぉっ……とちぎりパンに手を伸ばす。それから一番はしっこにいた白いくまをちぎり取った。

その瞬間、もちぃっ、ふわっと現れた断面に、思わず私がよだれを呑んでしまったわ。

くまさんちぎりパンは、そのままはむっ！　とアイのお口に吸い込まれていく。

すぐさまアイが、ぎゅううっと目を細めて、輝くような笑顔を浮かべた。

「おいしーねえ!!」

その顔は嬉しさいっぱいの幸せそのもの。いつものことながら、見ているこっちが嬉しくなってしまう。

「しかも今回のパンは、姫さんが自分で作ったものだからな。格別だろう」

「アイ、じぶんでつくった！」

えへへ、と笑うその顔は恥じらいつつも、やりとげた誇らしさが浮かんでいる。

それをほのぼのとした気持ちで見ながら、私も自作のちぎりパンをひとくち食べた。

途端にふわぁっと口の中に広がる、小麦の香ばしさと優しい甘み。もっちりふんわりとした食感も、たまらないおいしさだ。

「本当においしいわ。ハロルドが教えてくれたとはいえ、自分でこんなにおいしいものが作れるなんてびっくりね。まるで魔法みたい」

「まほー！」

「そうだろうすごいだろう。当たり前にあるから忘れがちだが、料理だって魔法みたいなもんなんだぜ」

「確かにそうだな。ハロルドの作る食事は、みんな魔法みたいだ」

言いながら血まみれくまをもぐもぐと食べているのはユーリ様だ。

「おっなんだ。そんなにおだてても何も出ないぞ。……で、ユーリは今日何が食べたいんだ？　特別に俺がリクエストを聞いてやろう」

ハロルドがごし、と鼻をこすりながら、にやけた顔で言っている。

この男……何も出ないぞって言いながら秒でリクエストを聞いてくるあたり、褒められるのに相当弱いわね。

そんなことを考えながら私は自分のちぎりパンをアイに差し出した。

「アイ、ママのも食べてみる？」

「うん！　じゃあアイのもママにあげるね！」

私とアイは互いのちぎりパンを交換しながら、もちもちのパンを楽しんだ。

それからふと気づく。

そういえばリリアンがずいぶん静かね？

気になってちらりと見ると……リリアンはパンを半分口に入れたまま、放心していた。

あわてて声をかけると、そこでようやく気づいたらしい。リリアンがハッとした顔で私を見たけれど、口に半分入ったままのちぎりパンはそのままだ。

「リリアン、大丈夫⁉」

そこにアイが、自分のちぎりパンを持ってとててーっと駆け寄っていく。

「りりあんおねえちゃんにも、アイのあげる！　しろいこととちゃいろいこ、どっちがいい？」

小さなおててに載っているのは、白いくまと茶色いくま。ハロルドいわく、茶色の方はココア味らしい。

アイを見たリリアンが、もぐ、と残りのちぎりパンを口に押し込んだ。それから自分の分のパンから茶色いくまをちぎり、アイの手のひらに載っていた茶色いくまと入れ替える。

「あら、交換っこ？　でしたら私とも交換してくださいな」

今度は私が茶色いくまを差し出すと、またもやリリアンは無言で茶色いくまと交換する。

私とアイは互いに顔を見合わせて、ふふふっと笑った。

それからぱくりと、アイがリリアンからもらった茶色いくまにかぶりつく。

「ちゃいろいくまさん、おいしいねえ！　ここあのあじ！」

「みんな同じ材料だから味も同じはずなのに、交換して食べると、なんだかもっとおいしく感じるわね？」

「じゃあパパも――あ」

言いかけて、アイの眉がへにゃりと下がった。

ユーリ様のくまさんが、血まみれなのを思い出したのだろう。

「だ、大丈夫だ。パパのくまさんは大人用だから、交換しなくても全然大丈夫」

強がりながら、ユーリ様が震える声でちぎりパンにかぶりつく。

あいかわらずそのくまは血まみれな上に、何がいけなかったのか、ユーリ様のチョコだけ溶けてきていて、さらに壮絶さを増していた。

本当、なんでそんなことに？

けれどアイは、むんっと気合を入れたかと思うと、自分の白いくまさんを差し出した。

「アイ、パパのつくったくまさんなら、こわくないよ！　こうかんっこしよ！」

「アイ……！」

見る間に、ユーリ様が瞳を潤ませた。

「よし……パパのと交換だ！」

ずっと鼻をすすりながらユーリ様も血まみれくまをアイと交換した。その時アイが、軽く血まみれくまから目を逸らしながらばくっと食べたのを、私は見て見ぬふりをした。

そのままごっくんと呑み込んだかと思うと、輝くような笑みを浮かべる。

「パパのも、おいしーよ！」

その愛らしさに、ユーリ様が無言で崩れ落ちたのは、言うまでもないかしら？

一部始終を見ていたハロルドが、くくくと笑いながら言う。

「ま、ユーリは顔を描いただけで、ちぎりパン作ったのは俺だけどな」

「いいんだそういう細かいことは！　大事なのは気持ちだ！」

必死な顔のユーリ様に、私はずっとくすくすと笑っていた。

◇◇キンセンカ（リリアン）◇◇

目の前では国王や王妃、聖女たちが幸せそうに笑っている。

わたくしは手の平に載せられた〝ちぎりパン〟というものをじっと見つめていた。

――あの日、初めてドーナツを食べてから。

わたくしは、食べ物の〝味〟がわかるようになっていた。

ドーナツはどれを食べても甘くおいしく、その上種類によっては違った味がするのよ。少し癖のある甘い粉は何かと侍女のアンに尋ねたら、『ああ、これはシナモンよ！』と教えてくれたし、濃厚な甘みの黒っぽいつやつやは『これはチョコレート。おいしいわよね。私も大好き』と言っていた。

驚いたことに、そのどれもが信じられないほどにおいしくて、気づけばわたくしは任務も忘れて夢中でドーナツを頬ばっていた。

今までどんなに珍しい菓子も、どんなに高価な果物も、口に入ればすべて砂の味。

付き合いでつまむことはあれど、自分から手を伸ばしたのは初めてだ。

その上、王宮に来てからずっと避けていたまかないも、恐る恐る食べてみたら……これも驚くほどおいしかったのよ。

パンも、お肉も、スープも、野菜も、全部違って、全部おいしかったの。

未知の味とおいしさに、これは何？　こっちは？　と夢中で食べているうちに、気づくと他の人の分まで食べてしまっていて、このわたくしがぺこぺこと謝るはめになってしまったわ。

それ以来ずっと、王妃エデリーンの警護をしていても、頭の中は食べ物のことばかり。

ああ、聖女がいつも食べているそれは何？　一体どんな味がするの⁉

聖女たちの朝食風景を、じぃぃいいっ……と見つめていたら、後になって例のハロルドとかいう男に呼び出されてしまった。

まったくもう……何よ。めんどくさいわね。

わたくしは美しいから、魅了をかけなくてもこういう風に男に呼び出されることはよくある。だったら精気だけ吸い取ってやろうかと思っていたら、男は厨房でふたりきりになるなり言ったわ。

「ほら、食え」

「……はい？」

目の前に差し出されたのは、ふかふかの白いパンだ。……先ほど聖女がかぶりついて、わたくしがじいいっと見つめていた、あの。

「なっ……！」

凝視していたものが突如目の前に現れて、わたくしは動揺した。

「あ、あなたの狙いは何⁉ まさかそんなことでわたくしの気を引けるとでも⁉」

「はあ？ なんだそりゃ。さっき王妃サマたちは気づかなかったみたいだけど、お前死ぬほど食べたそうな顔してただろ。朝飯食いっぱぐれたのか？」

「えっ」

「今日の余りはこれしかないけど、食べ終わったらさっさと戻れ」

言うなり、男は興味なさそうにわたくしに背を向け、厨房を出ていく。残されたのはぽかんとするわたくしと、白いふかふかのパンだけ。

「なんなのよあの男……？」

ぽつりとつぶやいた瞬間、返事をするようにわたくしのお腹がぐぅぅと鳴った。

あわててお腹を押さえ、辺りに他の人がいないか確認する。

……だ、大丈夫みたいね⁉

まったく、お腹がなるなんてサキュバス人生で初めてよ！ 味覚のことといい、わたくしの体は一体どうなってしまったの⁉

それからちら……と皿の上に載せられたパンを見る。

あれは聖女が先ほどまで、夢中で食べていたもの。

……まかないで食べるパンとは少し見た目が違うけど、でもパン……よね？　あの男は食べていいと言っていたし、それなら本当に食べたっていいのでしょう？

私はそぉっと手を伸ばした。

おそるおそる触ったそれは、まかないで食べるパンよりもさらにやわらかい。ちょっとでも力を込めたら、すぐにぺしゃんこになってしまいそうなほどのやわらかさ。

ぱく、とひと口かじると、白いパンはふわふわで、ほんのり甘かった。

「おいしい……」

自分以外誰もいない厨房で、わたくしはぽつりとつぶやいた。


それからも男――ハロルドは、ちょくちょくわたくしに余りものをくれた。

なぜ分けてくれるのか理由がわからず、ある日わたくしは、サンドイッチにかぶりつきながら聞いてみた。

「あなた、なんでわたくしにこんなに優しくしてくれるの？　わたくしに気があるの？」

「寝言は寝て言え。なんでお前はそんなに勘違いが激しいんだ？」

「なっ！」

バッサリ切り捨てられてわたくしは顔を赤くした。

勘違いも何も、サキュバスであるわたくしに逆らえる男は――今のところ加護を受けた（はずの）

国王以外いないのだから、別に勘違いではないと思うわ。

実際、このハロルドという男は国王と違って、私の魅了が効果があるんだもの。

じぃっと見つめると、気づいたハロルドが一瞬ぼぅっ……とした顔になり、それからあわててわたくしから視線をはずした。

「あーやめろやめろ！　俺の好みはもっと芯が通ってる凛としたタイプなのに……クソ、なんだこりゃ」

それからガシガシと頭をかく。

「いやまあ、確かにお前は魅力的だと思うが、俺はそういうのはこりごりなんだ。お前に声をかけたのは、俺の中の『はらぺこ』探知機が作動しただけ！」

「え？　はらぺこ？」

今度はわたくしが首をかしげる番だった。

「そうだ、はらぺこだ。お前……なんでか知らんがいっつも腹を空《す》かせているだろう？　この王宮にいる以上、使用人のまかない管理も俺の仕事だ。なのにお前だけだぞ、いつも腹空かせて、物欲しそうにユーリたちのメシを見ている人間なんて」

その言葉にわたくしはカァッと顔が赤くなった。

そ、そんな卑しい行動を、わたくしがしていたなんて……！

「そこはっ……申し訳ないと思うわ。次から気をつけます」

「そうだな、気をつけろ。そして飯が足りないなら言え。この王宮は使用人を飢えさせるほどケチじゃないぞ」

「……」

その言葉には、何も言えなかった。

だって、飢えとか飢えないとかじゃないんだもの。少し味がわかるようになったところで、わたくし《サキュバス》の生命維持に食べ物は影響しない。

ただ……目の前にある料理がどんな味なのか、気になるだけ。

黙るわたくしに、ハロルドがまためんどくさそうにガシガシと頭をかいた。

「とにかく、王妃サマからも『リリアンは大丈夫?』って聞かれているからな。そこのところ、ちゃんと説明してやれ。ずいぶん心配していたぞ」

王妃にまで気づかれていたなんて。私は顔を赤くした。


──回想を終えたわたくしの目の前では、王妃エデリーンが国王ユーリの作ったおどろおどろしいパンと自分のパンを交換して、何やらくすくす笑っている。

そんな彼女が先ほど言っていた言葉を、わたくしは静かに思い出していた。

『みんな同じ材料だから味も同じはずなのに、交換して食べると、なんだかもっとおいしく感じるわね?』

それから手の中にある、ふたつのくまさんを見る。片方は聖女からもらったもので、片方は王妃からもらったもの。

ゆっくりと、食べてみた。

それは白パンに負けず劣らず、ふわふわのちぎりパン。聖女のものも、王妃のものも、わたくしが作ったものも、多少の違いはあれどほとんど同じ味だ。

だというのに、なんでかしら……。

「おねえちゃん、おいしい？」

ぴょこんと現れたのは、聖女アイ。いつの間にか近くにやってきたらしい。

「うん。ひとりで食べていた時より、ずっとおいしいわ……」

気づけば、素直な言葉がぽろりと口からこぼれ出ていた。

「おいおいおい。お前、なんか最初来た頃とキャラ全然ちがくねえか？」

茶化すような声は、ハロルドだ。

「おじちゃん。〝きゃら〟ってなに？」

「そうだなあ、個性……じゃまだわかんねーか。リリアンが違う人みたいってことかなぁ」

「ちがうひと」

その言葉に聖女が考え込む。それからパッと顔を上げた。

「でもアイ、いまのりりあんおねえちゃんもすきだよ！」

「おうおう。姫さんはピュアッピュアだなあ」

言いながらハロルドが、ガシガシと聖女の頭を撫でる。それからわたくしを見た。

「どうだ、おいしいだろう。俺の考えたらぶりぃ☆くまさんちぎりパンは」

「ひどい名前だけどおいしいと思うわ」

「おまっ……！　なんでだよ！　可愛い名前だろうが！」

そこに、くすくすという笑い声が響いてくる。見ると、目尻に涙をためるほど笑っている王妃だった。

「リリアンったら、いつの間にハロルドと仲良くなったの？　よかったわ。突っ込み役が私しかいなかったから時々流していたけれど、リリアンがいてくれるなら心強いわね」

「別に仲良くなったわけでは……」

「ねえリリアン、もしあなたがよければだけれど、またこうして時々みんなでお料理しましょうね。私も王妃として料理するなら、中途半端にかじるのではなく、皆に振る舞っても恥ずかしくないくらいの腕前をつけようと思っているのよ」

そう言った王妃の顔は晴れ晴れとしていた。

彼女は今料理を覚え、そして王宮に広めようとしているのだ。

正直なんでそんな無駄なことを、と思うのだけれど、聖女に加えて、ハロルドもどうやら関わりがあるらしい。

「料理を、誇れるものにしたいのよ。それが新しい時代ってものでしょう？」

ふぅん。変なの。人間の考えることは、よくわからないわ。

でも……みんなで料理をするのは楽しかったから、もう一回くらいなら、してもいいかもしれないわ……。

✣

作ったちぎりパンを見つめながら、わたくしはじっと考えていた。

それ以来、わたくしは護衛騎士として働きながら、時々王妃たちと一緒に料理をするようになった。しかも参加者はわたくしだけではなく、時には三侍女や双子騎士たち、さらにはこの間なんて、どこぞの貴族令嬢まで参加していたのよ。

どうやら、王妃主催の料理教室を始めたらしいの。

最初の参加者はあまり多くなかったけれど、王妃自身は『最初でこれだけ参加してもらえるなら十分よ。このまま、お料理を新しい流行にしていきたいわ』なんて笑っていた。

「――あなたの王様も王妃様も、ずいぶん変わっているのね」

ある日の厨房の中。わたくしは余りもののドーナツをかじりながら、ハロルドに向かって話しかけた。今厨房の中にはわたくしとハロルドのふたりしかおらず、彼は何やら紙に書いている。レシピを作っているのかしら。

「はあ？　変な言い方だな。お前の王と王妃でもあるだろ。あといつまで仕事サボっているんだ。食ったらとっとと出ていけ」

「サボっているわけじゃないわよ。王妃陛下の命令で、一時的に暇をもらっているだけ」

「ったく……。お前、ここを完全におやつ置き場か何かだと思ってるだろ。言っておくけどここは俺の聖地だぞ」

「あっそう」

興味なさそうにつぶやいて、またぱくりとドーナツを頬ばる。

このドーナツは聖女のおやつだったんだけれど、全部は食べきれなかったから、こうしてわたくしが処理してあげているのよ。

「お前……本当にこんな奴だったっけ？ 来た時はもっとこう、媚び媚びぶりぶりして、ユーリにしなを作ってなかったか？」

しょうがないじゃない。だってそれが任務なんだもの。

とは言わなかった。

現実問題、わたくしは国王ユーリ攻略に行き詰まっていたし、特に最近はその……新しい味覚の開拓に忙しかったから、国王どころじゃなくなっていたのよ。

あ、そういえばマクシミリアンとも最近連絡を取っていないわね……催促の手紙が山のように来ていたけれど、ずっと無視していたわ。

わたくしがのんきにも、そんなことを考えていた直後だった。

『――キンセンカよ。首尾はどうだ』

突然、主様の声が直接頭に響いてきたのは。

「あ、主様⁉」

わたくしはドーナツを持ったままガタタッと立ち上がった。

時間を置かずに、目の前にスーッと楕円《だえん》を描く線が浮かび上がる。

……まずい！

「ご、ごちそうさま！ 仕事に戻るわ！」

「え？ あ、おう」

戸惑うハロルドは無視して、わたくしはドーナツを置くと急いで厨房から出た。

主様がわたくしたちと連絡をとるのに使う魔法の鏡は、人間には見えない。

けれどハロルドとふたりきりになっているあの厨房で、主様と会話を始めるわけにはいかなかったのよ。

誰もいなさそうな部屋に飛び込み、ガチャリと鍵をかける。

それからわたくしの前にぽかりと浮かぶ鏡に向かって、ひざまずいた。

「ご無沙汰しておりますわ、主様」

『挨拶はよい。私が聞きたいのはひとつだけだ。キンセンカよ。あれからずいぶん経つが、聖女の光は変わらず強いまま。一体、どうなっておるのだ？』

ずしりとのしかかってくる、冷たい氷のような声。

先ほどまでののんびりとした空気は消え、代わりにただよい始める冷気に心臓が凍りついてゆく。

怒鳴りこそしていないものの、その低い声も、鏡に映る主様の赤い瞳も、明らかに怒っていた。

久々に聞く主様の声は、ドーナツぼけしていたわたくしの頭を一瞬で現実に引き戻すのに十分だった。

……そうだったわ。わたくしは護衛騎士のリリアンではなく、サキュバスのキンセンカ。

光ではなく、闇に棲《す》む者だ。

「は。そちらですが……聖女や大神官の加護が思った以上に強く、予定より時間がかかっておりますわ」

『ほう？』

「ですが……」

ここでわたくしは目を伏せた。

実は黙っていたけれど、ずっと国王ユーリに試していない技が、ひとつだけあったの。

ただそれは最終手段であり、わたくしのプライド的に、絶対使いたくない手だった。


……けれど、もう、限界なのかもしれない。


考えて、わたくしはゆっくり目をつぶった。

——あの小さく無垢な聖女も、お人好しの王妃も、なんだかんだ居心地のよかったハロルドという男も……すべて、お別れする時が来たんだわ。

だって、わたくしはどうあがいてもサキュバスであり、主様のしもべなんだもの。

元は子猫だったショコラと違って、わたくしは主様の手で直々に生まれている。

だからこそあの方のことは、そばに控えているアイビーではなく、わたくしが一番よくわかるのよ。主様とわたくしは、もともとはひとつだったんだもの。

久々に主様と話したことで、再び主様の気持ちがわたくしの中に流れ込んでくる。

そこにあるのは、魔王となった自分を使い捨てた人間への激しい怒りと憎しみだ。

どれだけの時が経とうともその炎は消えることなく、むしろ勢いを増していく。

『人間を根絶やしに』

……そんな主様の願いをかなえるためだけに、わたくしは生まれてきた。

粛々と任務を遂行し、いつか人間を根絶やしにした後……激しい怒りの奥に隠れている、主様の心がちぎれそうなほどの悲しみを、わたくしが癒してあげるの。

かつて優しく、偉大で、誰からも好かれたあの方に心の平穏を取り戻してもらうために。

——逆に言えば、それができないのなら、わたくしの存在意義などないのだ。

わたくしはつぶっていた目をゆっくりと開けた。

鏡にかすかに映るわたくしの瞳は、明るい赤ではなく、血のように濡れた深紅の色。

「……わたくしの魅了が通じないというのなら、〝幻惑〟を使うまで。そうすれば、国王の目にはわたくしこそが『愛しいエデリーン』に見えるようになるでしょう。そうなったらさすがの国王もただでは済みませんわ」

『うむ。なら早急に手配を進めよ。そして聖女を守る人間どもの絆を、ズタズタに裂いてやるのだ』

「は」

満足そうな主様の声に、わたくしはうやうやしく頭を下げた。

——一瞬、頭の中に親切にしてくれた聖女や王妃の顔がよぎる。

けれどわたくしはぎゅっと目をつぶって、それらを無理矢理追い出したのだった。


「……ユーリ陛下」

国王の執務室へとつながる廊下の一角。

以前にもここで国王を待ち伏せし、そしてこっぴどく振られた場所だ。

王妃エデリーンの寝室を抜け出し、執務室に戻ろうとしていた国王ユーリはわたくしに気づくと、小さくうなずいた。

「ああ、君か。引き続き、エデリーンの警護を頼むぞ。最近は料理のことで積極的に貴族たちと交流を持っているようだから、以前より気をつけてもらえると助かる」

……あいかわらずこの男、わたくしには微塵の興味もないようね。

でもそんなことでもう、怒ったりはしないわ。

「怪しい動きをする者がいたらすぐに私に報告してほし――」

「ユーリ陛下。いいえ、〝ユーリ様〟」

「……？」

被せ気味に言ったわたくしの言葉に、国王が目を丸くする。

それもそのはず。今の言葉、彼にとってはわたくし《リリアン》ではなく、彼の愛しい愛しい王妃エデリーンの声に聞こえているんだもの。

「君は」

「〝ユーリ様。私の目を、よく見てくださいませ〟」

「⁉」

さらなる異変に気づいた国王が、わたくしの瞳を見た。

その瞬間。

わたくしはカッと目を見開くと、ありったけの魔力を国王ユーリめがけて流し込んだ。

「ぐ……あ……！」

ずぉっと音がして、私の魔力が国王の体にみるみるうちに吸収されていく。

今まで魅了をかけて空振りした時とは大違いだ。やはり、王妃エデリーンの声を真似し、幻惑で王妃だと思わせることで、ようやく侵入できたらしい。

サキュバスとしてこの術を使うのは嫌だったし、まさか使う日が来るとは思わなかったけれど、今は四の五の言っている場合ではない。

……さぁ、国王ユーリよ。

ここにたどり着くまでずいぶん時間がかかってしまったけれど、今からあなたはわたくしのしもべ。

「〝ユーリ様、今から私が念じた時は、本物の王妃は視界に映らなくなります。そしてあなたには、私が王妃エデリーンに見えるようになるのですよ……〟」

わたくしがゆっくり問いかけると、国王はふらつきながら額を押さえた。

「エ……デ、リーン……？　どうして君がここに……？」

その瞳はぼうっと霞《かすみ》がかったように、虚《うつ》ろだった。

第四章　突然の、崩壊

◇◇王妃エデリーン◇◇

いつもと同じ朝。同じ光景。同じ日々。

ずっと続くと思っていた穏やかな日常は、ある日突然ガシャンと音を立てて壊れた。

あわてて侍女たちが割れた皿を片づけに来るのを見ながら、私は戸惑った顔で双子騎士のジェームズに聞き返していた。

「ごめんなさい、お皿を割ってしまったわ。……それで、今なんて？」

「はい、あの……国王陛下より、忙しいため本日の朝食は別室でとるとのことです」

朝、朝食の席にユーリ様の姿が見当たらなかったから、ジェームズに聞きに行かせていたのよ。

その結果返ってきた答えが、これだった。

「そうなの……？　わかったわ、伝達ありがとう」

「ママ、パパは？　おねぼうしたの？」

既にご飯を食べ始めているアイが、おくちをもぐもぐさせながら聞いてくる。

「パパはお仕事が忙しいみたい。だから今日は、アイとママのふたりで食べましょうね」

「わかったぁ！」

アイの返事を聞きながら私は考えていた。

ユーリ様は今まで、どんなに忙しくても必ずみんなで朝食を取る時間を作ってくれていた。そんなユーリ様が忙しいだなんて……何かのっぴきならない事件が起きたのかしら？

ユーリ様や、民たちに負担の大きいことでないといいのだけれど……。

それでも、この時はまだ深刻には考えていなかった。

なぜならその後ユーリ様は、何度かアイの様子を見にやってきてくれていたのよ。

アイが絵本を朗読するのを楽しそうに聞く姿はいつも通り穏やかだったし、私とアイのことについて話す姿もいつも通り。

だからてっきり、忙しかったのは朝だけで、もう済んだことかと思っていたの。

でも……。


「ママぁ……パパは？　アイ、もうねむいよぉ……」

寝室で、私の太ももに頭を載せたアイが、うとうとしながら言った。

「そうね……。ずっと待っているけれど、遅いわね……」

いつもだったら、アイが寝る時間になるとユーリ様はどこからともなくやってきて一緒に寝かしつけをするのに、今日はいつまで経ってもやってくる気配はない。

そのせいで、既にアイはまどろみかけている。

どうしたのかしら？　朝の件は片づいたのかと思っていたけれど、違うのかしら？

「パパの様子を見に行こうかしら……」

「アイもいくぅ……」

いつもより遅い時間。もう眠くてしょうがないだろうに、それでもアイは目をこしこしするとなんとか起き上がった。その動きはのろのろとして重く、眠りの沼に落ちる寸前だとわかる。

それでもアイは、パパに会いに行きたいのだろう。……あるいは、ひとり取り残されるのが嫌なのかもしれない。

「わかったわ。なら、抱っこしていきましょう？」

「うん……」

抱っこの言葉に、アイの両手がゆるゆると伸びてくる。私は小さな体を落とさないよう、ぎゅっと抱きかかえた。最近よく食べるようになったアイの、子どもらしいずしりとした重みが腕にのしかかる。

アイを抱っこし、トントンと背中を叩きながら、私はユーリ様の執務室に向かった。

声だけかけて、もし忙しそうならすぐに引き返すつもりだった。

「……あら……？」

けれど異変に気づいたのは、執務室の前に来てすぐだ。

ユーリ様は普段、国王にしては驚くほど警備が薄い。それはユーリ様自身が一番強いから護衛を必要としないからであり、自分の護衛を削る分、他に回している。

だから執務室の中にも前にも、いつもなら誰もいないはずなのだけれど……。

「こんばんは。ユーリ様は中にいらっしゃるかしら？」

執務室の前に立つ、見慣れない騎士ふたりに私が声をかけると、彼らはうやうやしく私に挨拶をした。

「大変申し訳ないのですが、現在国王陛下より、誰も中に通すなとの命令です」

「そうなの……」

執務室の前に誰かがいることも初めてだけれど、中に入るなと断られたのも初めてだ。

そんなに忙しいのかしら、とちらりと扉の方に目を向けて、私は息を呑んだ。

「っ……！」

少しだけ開いた扉の隙間から覗き見えたのはユーリ様と――ラフな格好のリリアンが、楽しそうに話している姿だったのよ。

どうしてリリアンがここに……⁉

確かに、彼女の勤務時間は既に終わっている。けれど、それとユーリ様の執務室に彼女がいることとは全然別の話だ。

最近のリリアンは、時折ユーリ様と雑談を交わすこともあった。ただしそれはあくまで王と家臣としてであり、きちんと礼儀や距離感も保たれている。

決して今みたいに髪を緩く下ろし、友達と雑談を交わすような砕けた雰囲気ではない。

なのに急になぜ……⁉

それから私はハッとしてアイを見た。

……よかった、寝ている。

もうとっくに限界を迎えていたのだろう。アイは私の肩にほっぺを預けたまま、すぅすぅと穏や

かな寝息を立てている。

私は今の光景をアイが見なかったことにホッとし、それからすぐに考え直した。

別にただ話をしていただけなのだから、アイが見ても大丈夫よね……？

なのになぜ、こんなにも心がざわつくの。

ドキドキする心臓には気づかないふりをし、ぎゅっと腕の中で眠るアイを抱きしめる。

いいえ、大したことじゃないわ。騎士同士だもの、きっと何か盛り上がる話もあるのでしょう。最近のリリアンは本当に一生懸命やってくれているもの……。

今日はたまたま、偶然よ。

自分に言い聞かせるようにして、私はアイを抱えて逃げるように自室へと戻った。

——けれど私の願いとは裏腹に、日が経てば経つほど、事態はどんどんよくない方へと向かっていった。

まず、朝食にユーリ様が姿を見せることがなくなったの。そして寝る時も、私とアイのふたりきり。

さらには城内のあちこちでユーリ様とリリアンが仲睦まじく話をする姿が目撃されるようになっていた。

もちろん、そんなことを放っておくような私ではない。

すぐにユーリ様に話をしに行ったわ。

けれどあの日以降、ユーリ様の周りには例の護衛騎士たちがうろつきまわるようになり、私ひとりの時は必ず断られた。

それでもユーリ様は変わらずアイの様子を見に来てくれていたから、その時に話すことにしたの。なんとなくアイには聞かれたくなかったから、アイが他のことに夢中になっているすきに、私はそっとユーリ様のところへ行ったわ。

「ユーリ様」

「なんだい、エデリーン」

呼びかけに答えたユーリ様の顔は優しく穏やかで、いつも通り……本当にいつも通りの様子だった。それどころか、私を見る瞳はいつも以上に嬉しそうで、アイを見る時同様、とろけてすらいる。

その態度は真剣な表情で向かった私とは雲泥の差で、思わず動揺してしまったわ。

「どうしたんだ、顔色が悪い。どこか具合が悪いのか？」

さらにユーリ様は、戸惑う私に対して本当に心配そうにおでこに手をあててきたの。

「いえ、どうしたと聞きたいのはこちらの方ですわ……!?」

私は戸惑いながらも言った。

「ユーリ様。どうして朝食を家族みんなでとらなくなりましたの？　どうして夜、私たちと一緒に寝なくなりましたの？　何か理由があるのなら、教えてほしいのです」

私が真剣に聞くと、今度はユーリ様が目を丸くした。鳩《はと》が豆鉄砲を食ったような顔という表現があるけれど、今のユーリ様の表情はまさにそれだった。

「どうしてって……エデリーン、そもそも君が私に来るなと言っただろう？」

「えっ？」

私が？　どういうことですの？

そう思って、私がさらに深く聞こうとした時だった。

「うっ……！」

ユーリ様が突然、額を押さえて苦しみ始めたのよ。

「ユーリ様⁉」

「パパ！」

「国王陛下⁉」

周りにいた人たちが、血相を変えて駆け寄ってくる。

「誰かお医者様を！　ユーリ様は横に！」

私の声に、双子騎士たちがバタバタと走っていく。そのまま私が、ユーリ様をソファに横たわらせようとした時だった。

「国王陛下、ソファではなくお部屋でお休みになった方がよいのでは？」

進み出たのは、ずっと私の後ろにいたリリアンだ。

「そ、そうね。ではお手を」

「いえ、国王陛下はわたくしが案内いたしますわ。ね、〝ユーリ様〟」

リリアンはにっこりと微笑んだ。それからさも当然と言わんばかりの態度でユーリ様に対して手を差し出す。

私はあぜんとした。

ユーリ様呼びといい、今の行動といい、さすがにそれはあなた《リリアン》の領分を越えているわ。

けれど私がそう注意するよりも早く――ユーリ様がリリアンの手を取ったのよ。

「すまない……。最近よく立ち眩《くら》みが起こるんだ」

そう言ってリリアンに向けられた瞳は、この上なく優しくて。

ガンッ、と頭を殴られた気がした。

「っ……‼」

目を見開き、言葉を失う私の前で、優しく微笑んだユーリ様が皆に向かって言う。

「心配をかけてすまない。だが少し休めばすぐによくなるから、心配しないでほしい」

その表情に後ろめたさは、微塵もない。

そのままユーリ様とリリアンは部屋を出ていき、残された私たちには気まずい沈黙が流れた。三侍女や双子騎士が、皆戸惑いの表情で顔を見合わせている。

「あ、あの、エデリーン様……！　今の、いいんでしょうか⁉」

ためらいながらもずいと進み出たのは、侍女のアンだ。

「リリアンは悪い子じゃないですが、その、さすがに今のはおかしいんじゃ……⁉」

「あたしもそう思います」

「あの、あたしもぉ……」

続いてラナやイブもうなずく。アイだけはまだどういうことかわかっていないらしく、きょとんとしている。ある意味、理解しないでいてくれて助かったけれど……。

「私もそう思うわ。リリアンはあくまで私の護衛騎士。先ほどの態度は注意しなければいけないわ」

……でも。

他の誰でもない、ユーリ様が許容してしまっている。

それをどうとるべきか。

私はすぐに答えを出せなかった。

「心配をかけてごめんなさい。でも、今はユーリ様の体調が優れないようだし、また日を改めて私の方から聞いてみるわ。そしてリリアンにも、行動を慎むよう注意するつもりよ」

その返答に、三侍女たちはほっとした顔になった。

「ですよね！ ユーリ陛下もきっと体調が悪かったせいですね。早く、治るといいですね」

「あっ！ あたし双子たちを呼び戻してきまぁす！ まだお医者様を呼びに行ったままですよね？」

「そうね、お願いできるかしら？」

言いながら、私は皆に気づかれないよう、そっと詰めていた息を吐いた。

心臓は、まだドキドキしている。

先ほどリリアンに対して微笑みかけたユーリ様の顔が、目に焼きついて離れない。

でも、ここで私が動揺している場合ではないのよ。

だって、先ほどのアンたちの様子からもわかるように、リリアンのことは私たち夫婦の問題だけでは済まないんだもの。

かつて、先代の国王が好き勝手振る舞ったせいで、サクラ太后陛下は力を失《な》くしてしまった。状況は違うけれど、私たち夫婦の問題は王宮全体、ひいては国全体に影響を及ぼしてしまうことに変わりない。

……何が起きているのか、慎重に見極めないと。

考えて、私は冷たくなった手をぎゅっと握った。

もし、私とユーリ様の間に何かあったら……私はともかく、私たちを親として慕うアイは、どうなってしまうの?

ひどい親だったとはいえ、私たちはあの子から血の繋がった親を引き離したのだ。

ならば、私たちがすべきことはひとつだけ。

あの子が心から笑える、信頼できる家庭という場所を絶対に作らなければいけない。

もちろん、私たちはまだ未熟で至らないところも多く、完璧とはほど遠いわ。それでも、少しでもあの子のためになるよう努力を続けるのが、親としての、私の義務なんだもの。

再度強く決意し、私は顔を上げた。

ユーリ様に何があったのかは知らないけれど、必ず理由を突き止めるわ。

だってあのユーリ様なのよ? そりゃ、情けないところも不器用なところもたくさんあるけれど……彼ほどまっすぐで、誠実な人間を、私は他に知らない。

たとえ本当にリリアンを愛してしまったのだとしても、少なくともアイに顔向けできなくなるようなことはしないと、信じているの。

「ママ? どうしたの?」

黙り込んだ私を、アイが不思議そうに見上げてくる。

「ママね、もっと頑張らなきゃと思って、自分に気合を入れていたの」

私がしゃがんで目線を合わせると、アイはにこっと笑った。

「ママは、いつもがんばってるよ? いいこ、いいこ」

無邪気に言われたその言葉と、背伸びして私の頭を撫でるアイの手が優しくて、私は不覚にも一瞬涙ぐみそうになってしまった。

……大丈夫よ、アイ。アイの居場所は、ママが絶対に守ってみせるわ。

❖

その日から、私はなんとかユーリ様を捕まえようと、あちこち奔走した。

けれど皮肉なことに、私が頑張れば頑張るほど、事態はどんどん悪化していったのよ。

いつもユーリ様にくっついている護衛騎士ふたりに阻まれるのはまだいい方で、なんとかその網をかいくぐって――というよりもユーリ様が自ら会いに来てくれるのだけれど、少しでも核心に踏み込もうとすると、必ずユーリ様の発作が起きるようになっていた。

さすがの私でも、病人に問い詰めるのは心苦しいし、体が心配だ。

その上宮廷医師たちに状況はどうなのか毎日確かめているうちに、ある日突然、リリアンが私の護衛騎士からはずれ、ユーリ様の護衛騎士になるという通達が一方的に来たの。

『ねぇ、聞いた？　ユーリ国王陛下は、最近リリアンという女騎士とべったりらしいわよ』

『そうそう。どこに行くにもふたり一緒なんでしょう？　しかも腕を組んでるらしいわ』

『エデリーン王妃陛下は会ってすらもらえないって話だぜ。大丈夫なのかね、ありゃあ』

ざわざわ、ひそひそ。

その頃には王宮中を、あらぬ噂が駆け巡っていた。

「――おい。あのふたりを放っておいていいのかよ」

だから両手を組み、ぶすりとしたハロルドがやってきても、まったく驚かなかった。

「奇遇ね。私もそう思っていたところです」

「冗談を言っている場合じゃないだろう！　知らないのか？　今みんなが――」

そのまま勢いづこうとしたハロルドを、私は手で止めた。ちらりとそばにいるアイの方を見れば、ハロルドも察したらしい。

「……大きな声を出して悪かったな」

「気づいてくれて嬉しいわ。それに、私も何もしなかったわけじゃないのよ。むしろ散々試みたけれど、そのたびに発作が生じてそれどころじゃなかったの」

「発作か……。ユーリは一体、どうしちまったんだ。病知らずというわけじゃなかったが、それでもこんなおかしな病とは無縁だったのに」

そこまで言って、ハロルドはトーンの声を落とした。

「それに……リリアンの奴も様子がおかしい。ユーリのそばにいるのは嬉しいはずなのに、目が全然笑っていない」

それはあまりに小さな声だったので、危うく聞き逃すところだった。

「そういえばあなた、リリアンと仲がよかったものね」

リリアンに関しては正直、私はどう思えばいいのか測りかねていた。

私たちと一緒にドーナツを食べたり、料理をするリリアンは真面目で、寡黙で、そしてなんでもかんでも一生懸命だった。

周りが見えなくなるほど食べ物に夢中になり、礼儀を忘れるほど熱中してしまう。

それは家臣としてはよくないのかもしれないけれど、私やアイはそんなリリアンが好きだったの。ハロルドに対してだけ手厳しい姿も、彼女が打ち解けた証だと思って微笑ましく見ていたのよ。

なのに……リリアンは変わってしまった。

いいえ、正確にはマキウス王国にやってきた当初の姿に戻ったという方が正しいわね。

艶っぽい笑みでユーリ様を見つめ、媚びを売るリリアンを見て、王宮の人たちは「あれがリリアンの本性だったんだ」と口々に言っている。

でも、本当にそうなのかしら？

わき目もふらずにドーナツを食べていたリリアンは、本当のリリアンではないの？

ではアイと一緒に真剣な顔でお菓子を作っていたリリアンは？

そういう思いもあって、私はリリアンに対して未だ何も言えずにいた。

じっと考え込んでいると、はあと大きなため息が聞こえた。ハロルドだ。

「考えててもしょうがねぇな。よし、俺はリリアンに聞いてみる」

「そうね。ぜひ、お願いできるかしら」

リリアンもハロルドには気を許しているようだったし、もしかしたら、何か聞けるのかもしれない。

けれどそんな淡い期待を抱いた私をあざ笑うように――その日以降、ハロルドまでもがおかしくなることを、その時の私はまだ知らなかった。

◇◇サキュバス・キンセンカ（リリアン）◇◇

「あんた一体、どういうつもりなのよ！」

王宮の廊下。

目の前では、ショコラがキャンキャン吠え——もとい、ニャンニャン鳴いていた。

「何よ。わたくし、聖女には何も手出ししていないでしょう？　約束通りだと思うけど？」

そう返せば、黒猫がキッとわたくしをにらむ。

「そういうことじゃないわ！　だっておちびのパパがおかしいの、どう考えてもあんたの仕業でしょう！　そんなことしてなんになるのよ。早くやめなさいよ！」

……これだからショコラは駄目なのよ。親が子に及ぼす影響を、全然理解していない。

「しょうがないじゃない。文句は国王に言って。あなただって知っているでしょう？　わたくしは男を魅了するの。国王だって、時間差で魅了されてしまっただけよ」

ショコラは幻惑については何も知らない。それをいいことに、わたくしは嘘をついた。

「話がそれだけならもう行くわ。それと、忘れていないでしょうね？　各所のおやつを持ち出してあんたにあげているのは、誰だったのか。それがなくなってもいいの？」

「お、おやつを持ち出して脅すなんて卑怯《ひきょう》よ！」

「そんなことで脅されるのはあなたぐらいのものよ。それじゃ、わたくしは忙しいからもう行くわね」

「あっ、ちょっと！」

まだ文句を言いたそうなショコラを残して、わたくしはさっさと踵《きびす》を返した。

今、わたくしは無事国王を掌握し、あとはマクシミリアンが行動を起こすのを待つだけ。

だというのに、わたくしは無性にイライラしていた。今も急にひとりになりたくなって、あてもなく王宮をさ迷い歩いていたのよ。

どこへ向かうかもわからないまま角を曲がろうとして、急にぐいっと腕を引かれる。

かと思うと、わたくしは廊下の壁にドンッと押しつけられた。

「っ誰!?」

驚きと怒りでカッと目を見開くと、至近距離にあったのはハロルドの顔だ。

「……っなんの用？」

こちらをまっすぐ射貫《ぬ》いてくる、鋭い赤茶の瞳。

なんとなく目を合わせられなくて、わたくしはパッと目を逸らした。

「何の用、じゃねえ。お前もわかってるんだろう。自分が何をやっているのか」

「ふん。国王陛下をたぶらかしたこと？　だってしょうがないじゃない。相手は国王なのよ？　わたくしじゃなくても、彼に見初められたいと思っている令嬢なんて腐るほどいるわ。手段が悪くたって、わたくしはわたくしの希望をかなえただけ――」

「じゃあなんで、お前はそんなに苦しそうな顔をしてるんだ？」

「っ……！」

指摘されて、わたくしは唇を噛んだ。

「厨房に来てつまみ食いをしているお前は、少なくともこんな苦しそうな顔はしていなかったぞ。俺には辛辣で、でも食べ物には目を輝かせて。俺が知っているリリアンという人間は、そんな奴だったはずだが？」

「……なら、あなたの見る目がないのよ。残念ながらこっちがわたくしの本性」

はん、と鼻で笑うと、ハロルドが目を細めた。

「そうは思わないな。……さてはお前、何か隠しているだろ？　実は実家からゆすられていて、金が必要とか？　あるいはユーリをたぶらかせと、誰かに脅されているとか？」

わたくしは驚いて目を見開いた。

この男……！　核心とは言えなくても、絶妙に近いラインを当ててくるわね……！

「言え。言わないなら俺は自分で調べに行くぞ。こう見えて意外と人脈はあるんだ。何せ、王宮中の胃袋を握っているからな」

わたくしはギリッと唇を噛んだ。

この男は、わたくしの正体を知る聖女アイとだって仲がいいのだ。聞かれたらあの幼くて正直な聖女のこと。わたくしの正体を、喋ってしまうかもしれない。

……かくなる上は。

「なら、教えてあげるわ」

「本当か？」

「本当よ。だから私の目をしっかり見て。それが話を聞く人の態度でしょう？」

「わかった」

短い返事とともに、ぎろりと吊り上がった三白眼の、赤茶の瞳がじっとわたくしを見つめてくる。

人相の悪いこの男は、きっと女性にはモテないでしょうね。

でも……わたくしは嫌いじゃなかったのよ。

「ごめんね、ハロルド。悪く思わないでちょうだい」

言いながら、わたくしの胸がつきりと痛む。


ああ……本当は、この男は、この男だけは……手を出したくなかったの……。


でも、わたくしは、サキュバス。

次の瞬間、わたくしはカッと目を見開いた。

国王ユーリの時同様、ハロルドにも一気に大量の魔力を流し込んでいく。

ただし今は幻惑ではなく、魅了の方だ。

「っ⁉　リリアン、お前……‼」

ハロルドの言葉はそれ以上続かなかった。

すぐに彼の瞳から光が消え失《う》せ、ずるずるとその場にしゃがみ込む。

そんな彼を、わたくしはトンッと押した。ハロルドは人形のようにいともあっけなく倒れ、王宮の廊下に仰向けになる。その上に、わたくしはまたがった。

顔を近づけると、わたくしの長いピンクブロンドがハロルドの顔の周りに垂れ下がる。

彼の瞳は、虚ろだった。

強い魅了魔法をかけた場合、人によっては本能のままに生きる獣となり果て、その場でわたくしに襲いかかってくるような輩もいる。

なのに、ハロルドはぴくりともその場を動かなかったの。

「あなたって、そんな見た目をしているくせに、意外と紳士だったのね……」

わたくしは自嘲するように、くっと唇を歪《ゆが》めて笑った。

わたくしの言葉が、もう彼には届かないことを知りながら。

◇◇王妃エデリーン◇◇

窓から雪が解け始めた王宮の庭を見下ろしながら、私はハァとため息をついた。

そばでは、アイがショコラとともに楽しそうに部屋の中を走り回っている。

その顔は無邪気そのもので、今王宮中に立ち込めている暗雲には、まったく影響を受けていないように見える。

でも私は知っていた。

なんてことのない顔をしながら、アイもしっかりと異変を感じ取っていることに。

なぜならユーリ様が朝食の時にいないことも、寝る時にいないことも、まったく触れてこなくなったんだもの。前までは「パパは？」と事あるごとに聞いていたのに。

ごめんね、アイ。私が守ると決めたのに、ふがいないわ……！

私はぐっと拳を握った。

この間ハロルドがリリアンと話をすると言っていたけれど、実はあれ以来、全然彼と連絡がつかなくなっていた。それはユーリ様の時とまったく一緒で、突然謎の護衛騎士がハロルドについたかと思うと、通してもらえなくなったのよ。

本当に笑ってしまうわ。ユーリ様の近衛騎士である彼に護衛って、一体なんの冗談なの？

けれどそれがユーリ様の命令なのだとしたら、誰も何も言えない。

どうしたらいいのかしら……。この間思い切って、ユーリ様の部屋に繋がっている寝室の扉を使おうとしたのに、そこにも鍵がかけられていた。

呼んでもだめ、会いに行ってもだめ、何より、核心に触れようとするたびに発作が起きる。

一体どうしたらこの状況を打開できるの……！

私が頭を悩ませていると、そこへノックの音がしてサクラ太后陛下付きの侍女が顔を覗かせた。

「王妃陛下。サクラ太后陛下がお呼びなので、すぐ来ていただけますでしょうか？」

この間も呼びに来た侍女だ。

「サクラ太后陛下が……？」

「はい。それで、あの……今日は王妃陛下おひとりで来てほしいとのことです」

「私ひとりで？　アイは？」

「王妃陛下が戻るまで、騎士たちとともに私が面倒を見るよう言付かっております」

……つまり、アイには聞かせられない話なのね。

「わかりました。伺います」

私がアイに戻ってくるまで待っていてほしいと伝えると、何かを察したアイはすぐさまこくんとうなずいた。その姿も健気で、私の胸がぎゅっと痛くなる。

――太后陛下が待つ部屋には、太后陛下のほかに、ホートリー大神官の姿もあった。

大神官はいつも困ったように眉を下げているけれど、今日の下がり方は特に激しい。

きっと、私たちのことが耳に入っているのね。当然だわ、あれだけ噂になっているんだもの……。

「エデリーン。私が何を言おうとしているのか、敏《さと》いあなたなら既にわかっているでしょう」

「……ユーリ様と私のこと、でしょうか」

予想通り、サクラ太后陛下はゆっくりとうなずいた。

「その通りよ。でも、勘違いしないで。私は決してあなたを責めたいわけではないわ。むしろ申し訳ないと思っているのよ」

申し訳ない？

意味が理解できなくて目を丸くする私に、ホートリー大神官が言った。

「実は、彼女――リリアンが企みを持っていることには気づいていたのです。ですが、そこまでの力はないだろうと甘く見積もった結果が、エデリーン王妃陛下を悲しませることに……。本当に申し訳ありません……！」

下げ眉をさらに下げて、ホートリー大神官が私に頭を下げた。

「それを言うなら私も同罪よ。ホートリーから話を聞いて、彼女ならもしかして……あなたがたの背中を押してくれる、いいスパイスになるのではと、期待してしまったの。でも出すぎた真似だったわ。本当にごめんなさい、エデリーン」

同じく頭を下げるサクラ太后陛下に、私は仰天した。

「ふたりとも頭を上げてくださいませ！　おふたりが何を言っているのかはわかりませんが、リリアンの企みを知った上で野放しにしたというのなら私も同罪ですわ……。だから本当に、謝るのはよしてくださいませ」

「ありがとう、エデリーン」

痛ましい表情のまま、サクラ太后陛下が言う。

「代わりと言ってはなんですが、私たちにも罪滅ぼしをさせてちょうだい。明日、ユーリを私の名で呼び出します。その場にエデリーン、あなたも同席なさいな」

「わたくし、こう見えても大神官ですので、必ずやお力になれると信じております」

ふたりの言葉に、私はパッと顔を輝かせた。願ってもない助けだった。

「ありがとうございますわ！」

そんな私を見て、サクラ太后陛下がホッとしたように言う。

「……思ったよりも元気そうで、安心したわ。あなたは強いのね。私は先代の国王の心が離れた時、立ち直るのに一〇年もかかってしまったのに」

その言葉に、私はしばらく考えた。

「……強い、というわけではないですわ。ただ、ユーリ様を信じているだけで」

「信じている？　……ユーリの心が、絶対にあなたにあるということをですか？」

「いいえ、まさかそんな」

そもそも私たちは、ちゃんとした夫婦には未だになれていないのだ。寝室をともにしてはいても、アイがいる中でそんなことは当然しないし、くちづけだって未遂のまま。

サクラ太后陛下が心配してあれこれ後押ししたくなるのも、仕方のないことなのよね。むしろ色々気を遣わせてしまって、申し訳ないわ。

「私は、私に対してではなく、ユーリ様のアイへの気持ちを信じているんです。きっとアイに顔向けできなくなるような、傷つけるようなことはしない、と……」

「そう……」

サクラ太后陛下はまだ何か言いたそうにしていた。

けれどこれ以上は、と思ったのだろう。

「わかりました。なら、今はこれ以上何も言いません。明日だけ同席なさい。まずはユーリの目を覚まさせないといけませんからね」

「ありがとうございます、サクラ太后陛下、ホートリー大神官」

私はうやうやしく礼をすると、その場から立ち去った。

……明日になれば、何か解決の手立てが見えるかもしれない。

思わぬ形で舞い込んだ朗報に、私が張り詰めた息をほんの少しだけ緩めた時だった。

部屋に戻る途中、廊下の向こうからマクシミリアン様が歩いてきたのよ。

「やあ、エデリーン」

……嫌な人に会ってしまったわね。

「ごきげんよう。デイル伯爵」

親しげに話しかけてくる彼に、私はにこりともしなかった。

実は、ユーリ様とリリアンが噂になってから、やたら王宮でマクシミリアン様に声をかけられるようになっていたの。

その上「エデリーン」と昔のように呼び捨てにしてくるものだから、その馴《な》れ馴れしさにうんざりしていた。何度注意しても、一向に直る気配がないのよ。

「デイル伯爵。何度も言っているけれど、私はあなたに呼び捨てにされる筋合いはありません。これ以上馴れ馴れしくするようなら――」

けれどしかめ面の私にも、マクシミリアン様は動じない。それどころか私の腰を抱き、ぐっと顔を寄せてきたのだ。

「なっ！　何を！」

無礼者！　と叫ぼうとしたところで、薄く微笑んだマクシミリアン様に囁かれる。

「エデリーン。知っているかい？　先ほど私は見たんだ。――ユーリ国王陛下とリリアンが、くちづけしているのを」

ドクン、と心臓が跳ねた。

「……うそ」

「信じないなら、自分の目で確かめてみるといい。あのふたりは今、北宮の温室にいる」

北宮の温室。

それはこの間サクラ太后陛下が教えてくれた場所であり、数少ない、ふたりだけでデートした場所。

そこに、リリアンを連れていったというの？

ドクンドクンと、心臓が暴れ続ける。

「……自分の目で見るまで、信じませんわ」

言って、私はマクシミリアン様を押しのけた。それから足早に、ほとんど駆けるような速さで、北宮に向かって移動する。後ろをマクシミリアン様がついてきている気配がしたけれど、そんなことを気にする余裕はなかった。

気づけば私は、なんでこんなに必死になっているのかわからないまま、駆け出していた。

「はぁっ……はぁっ……」

やっとたどり着いた北宮の温室。以前ユーリ様と歩いた道をたどりながら、私はきょろきょろと辺りを見回した。

そして——見つけた。

「ユーリ、さま……」

結論から言うと、その時ふたりはくちづけをしていなかった。

けれど、直前にくちづけしていてもおかしくないような甘い雰囲気が、確かにふたりの間に満ちていたのよ。

かつて私と並んで座ったカウチに並び、リリアンはユーリ様の肩にこてんと可愛らしく自分の頭を預けている。

そんなリリアンと手を繋ぐユーリ様の表情も優しく、はためから見てもリリアンが大事なのだということがひと目でわかる。

私が見つめる前で、ユーリ様が手を伸ばしてさらりとリリアンの頬にかかる髪をかき上げた。その大きな手を、うっとりした顔のリリアンが握る。

その甘い光景に、私はぎゅっと心臓を握り潰された気がした。

考えたくない。でも……。

――ユーリ様は、本当にリリアンのことを好いているの……?

じゃあ、かつてマクシミリアン様に『婚約を解消してくれ』と言われた時のように、今度はユーリ様に『エデリーン、私と別れてくれ』と言われてしまうの?

私に向けてくれた微笑みは、全部なかったことにされるかもしれないの?

そう思った瞬間、ぐにゃりと視界が歪んだ。

それは自分が泣いているせいだと気づいたのは、パタパタと大粒の涙が床を打った時だった。

私はあわててその場から離れた。

情けないわ……! 私が泣いている場合ではないのに……!

そう思っても、一度溢れた涙は止まらない。

ようやく隠れられそうな場所を見つけてうずくまっていると、そこへ人の声がした。

「エデリーン、だから言っただろう?」

勝ち誇った声はマクシミリアン様だ。

私は顔を背け、ぐいと涙を拭う。この男には、絶対に涙など見られたくない。

「少なくとも、私が見た限りくちづけはしていませんでしたわ」

「ならなんで君は泣いているんだい? 気づいているんだろう? くちづけをしようがしなかろうが、ふたりの雰囲気は恋人そのものだということに」

「……だとしてもあなたには関係ありません。教えてくれたことには感謝しますが、私はもう戻ります」

　そう言って、立ち去ろうとした時だった。

　すれ違いざまにグイッと手首を掴まれ、マクシミリアン様に強い力で引き寄せられる。

「っ！　やめて!!」

「それが関係あるんだ、エデリーン。……なあ、僕たち、やり直さないか？　若気の至りで君を手放したことを本当に後悔しているんだ」

　熱っぽい瞳で、マクシミリアン様は私に囁いた。

「君も見ただろう？　国王ユーリだってあんな浮気者さ。それなら僕にしたらどうだい。もう二度と傷つけないし、大事にすると約束するから」

　リリアンと並ぶユーリ様の姿を思い出して、ぎゅっと胸が苦しくなる。

　それでも私は、マクシミリアン様の腕を振り払った。

「ユーリ様とあなたを、一緒にしないでくださいませ。もしユーリ様が浮気するのなら、それは本気の愛ですわ」

「なんでそんなに彼だけをかばう。もう彼と結婚しているからか？」

　眉をひそめるマクシミリアン様に向かって私は叫んだ。

「いいえ、そんなの関係ありませんわ！　だって……」

　私は彼を。

「私は……ユーリ様が、好きだからですわ！」

　そう言った途端、また涙が溢れた。

――そう。気づけばいつの間にか、私はすっかりユーリ様が好きになっていた。

もちろん、アイや私に誠実に接してきた今までの積み重ねもある。

でもそれ以上に彼を信じているのも、彼が離れていって悲しいのも、リリアンと並んでいる姿を見て心がちぎれそうになったのも、全部、ユーリ様が好きだから。

不器用で、でも優しい彼の笑顔が気付けば大好きになっていた。

それを奪われた今になって気づくなんて、本当に自分が鈍感すぎて嫌になるわ……。

私は自嘲してから、キッとマクシミリアン様をにらんだ。

「だからユーリ様が浮気者であろうとなかろうと、あなたについていくことはありませんわ。だってあなたに対して、これっぽっちも未練なんかありませんもの。わかったら離してくださいませ」

言ってぐいと腕を引いてみたけれど、マクシミリアン様は離してくれなかった。

それどころか彼の青い瞳は、暗い光を帯び始めてきている。

まずい。今のは言いすぎたかもしれない。でも、事実よ！

やがてたっぷりとした沈黙の後、彼ははぁとため息をついた。

「……それならしょうがないね」

一瞬諦めてくれたのかと安堵した私は、けれど次の瞬間、口と鼻に布を押しあてられていた。

「!?」

「できれば無理矢理は避けたかったのだが……君の意志が固いならしょうがない。この手を使うしかないようだ」

ツン、とした臭いのあと、すぐさま視界が歪んだ。今度は涙ではない。

この男、薬を……!?

「ユーリ、さ、ま……っ！」

けれど声を上げるよりも早く、私の意識はぶつりと途絶えた。

◇◇国王ユーリ◇◇

『ユーリ、さ、ま……っ！』


一瞬そんな声が聞こえた気がして、私はハッと辺りを見回した。

「ユーリ様？」

きょろきょろとする私に、肩にこてんと頭を預けたエデリーンが不思議そうに尋ねる。

「ああいや、すまない。何か声が聞こえた気がして……」

最近頻発する発作のせいだろうか？

目の前にエデリーンがいるのに、どこかで彼女の声を聞いた気がしたなんて言ったら、笑われてしまうかもしれない。

「ユーリ様ったら、きっとお疲れなのですわ。最近、体調が優れないようですし」

「そうだな……。心配をかけて、本当に申し訳ないと思っている」

「いいんですのよ。私はこうして、ユーリ様と一緒にいられれば幸せですから」

「エデリーン……」

私は彼女の口から紡がれる甘い言葉に頬を赤らめた。

――ある時から急に、エデリーンはとても積極的になったのだ。

今まで聞いたこともないような甘い言葉を囁いてくるようになり、常に私のそばにいてくれるようになった。

『ユーリ様。しばらく朝も夜も、私には会いに来ないでくださいませ。朝食も、寝かしつけもだめです』

と言われた時は驚いたが、アイの自立を促すためと強く言われては、私に断る選択肢はなかった。

その代わり彼女の方から来てくれるようになったのだが――。

「ねぇ、ユーリ様……」

彼女にしては高く甘い声で、細い腕がするすると私の首に回る。

「どうして、一度もくちづけしてくださらないのです？　私はこんなにお待ちしておりますのに」

「それは……」

どうしてか、と聞かれると、わからない、としか言えない。

もちろん、一番最初に彼女に誘われた時は、泣きたくなるほど嬉しかった。

いつか彼女と、とずっと夢見ていたことだったのだから。

けれどくちづけしようと彼女の瞳を見た瞬間、なぜか、違う、と思ってしまったのだ。

私を見るエデリーンの薄い水色の瞳は、いつどんな時も、生気に満ち溢れてキラキラと輝いている。それは娘アイの瞳と、色は違えど通ずるところがあり、そんな彼女の目を見るのが好きだった。

けれど今のエデリーンは……同じ水色であっても、そこにキラキラと光るものは、ない。

「エデリーン。逆に聞きたい。最近の君はどうして、そんなに思いつめているんだ？ 私ならともかく、君がそんな風になるなんて……何か、周りに言われたのか？」

「そんなことは……」

スッと、彼女は視線を逸らした。その時に一瞬浮かんだ冷たい光も、彼女らしくない。

「それに最近ずっと私と一緒にいるが、アイはどうしているんだ？」

「それは前にも言ったでしょう？ アイだってもういい年なんですもの。そろそろ親離れをしなくては」

「親離れ……？」

その単語には、ひどく違和感があった。

『アイは、私たちが守らなければ』

それがエデリーンの口癖だ。

彼女はアイに対する愛が重すぎる節はあっても、その逆はありえない。

いつか本当に親離れする時はやってくるにしても、彼女ならそのために前もって準備をするだろう。エデリーンなら、こんな風に急に突き放すようなことはしないはずだ。そう、エデリーンなら……。

ならば……目の前にいるこの女は、本当にエデリーンなのか……？

そう思った瞬間、ぞわ、と背筋に寒気が走った。

「君は……一体誰だ……？」

目の前のエデリーンの姿が、一瞬ぼやけて二重になる。重なった姿に映るのは、ピンクブロンドの――。

だがそこまで考えた瞬間、私はひどいめまいと頭痛に襲われた。

「う、ぐ……！」

「……はあ。いい加減に諦めてくださいませ。わたくしの正体を見破るたびに苦しい思いをするのは、あなたなのよ？　あともう少しで全部終わるのだから、いい子にして」

目をつぶってもぐらぐらと揺れる視界の中、私はそう喋る女性の声を聞いていた。

◇◇聖女アイ◇◇

――ぜったいに、なにかがへんだ。

わたしはコロコロとえんぴつをころがしていた。

へやのなかにいるのは、きしのおりばーと、さくらのおばあちゃんのじじょ。

ふたりとも、ママがかえってくるのを、まっている。

ママはさっき、さくらのおばあちゃんによばれてでていったんだけど、そのおかおは、なんだかとってもかなしそうだった。

でも、しょうがないよね。

だってパパ、なんでかしらないけど、いつもりりあんおねえちゃんといっしょにいるんだもん。

りりあんおねえちゃんはだいすきだし、パパはやさしいけど、それでもぜったいにへん。

だってママのあんなかなしいおかお、みたことないよ。

パパはあさごはんも、ねんねも、いっしょにしてくれなくなったし……！

むかむかして、わたしはピンッとえんぴつをゆびではじいた。

それからとなりにいるしょこらに、ないしょばなしをする。

「ねえしょこら……。アイ、どうしたらいいとおもう？」

しょこらはちらっとめをあけて、わたしにこしょこしょいった。

「そうねえ。あたいが思うに、あのリリアンって女をぶっ飛ばすのはどぉ？　おちびがやりづらいなら、あたいが代わりにボコボコにしてこようか？」

わたしはびっくりした。しょこらって、いがいとつよき！

「それはだめだよ！　りりあんおねえちゃんがかわいそう！」

「ふぅん？　じゃあ、あんたのパパを一発、パーンってしようか？　そうすれば、目が覚めるかも。……あ、でもあたいがやったら、頭ごとふっとんじゃうからだめね……」

わたしはしょこらにぐいっとちかづいた。

「ぱーんってやったら、パパ、もどるの？」

「うん、まあ、多分？　……本当はよくない気もしなくもないけど、まあいっか、適当なこと言っても。だってあたい、猫だし」

「わかった！　じゃあアイが、パパのことぱーんってするね！」

そうときまったら、こうどうだ！

「おりばー！ アイ、いまからぱぱのところにいくね！」

「へっ⁉ 急にどうしたんですアイ様。エデリーン様は待たなくていいのですか？」

「うん！ だって、ママがかえってくるまえに、パパのことぱーんってしたいんだもん！ そしたらパパがもとにもどって、きっとかえってきたママもにっこりするよ！」

「へ……？ パパをぱーん……？ なんのことですか？」

わたしは、ぴょんといすからとびおりた。

「しょこら！」

「なーお」

そのこえは、わたしにだけはこうきこえる。

『はいなぁ。任せてちょうだい。おちびのパパのところまで連れていけばいいんでしょ？ 楽勝楽勝』

すぐにしょこらがたたたーってはしったから、わたしもおいていかれないようについていく。

「あっアイ様お待ちください！」


とびでたおそとは、もうそらがあかくなっていた。

アイ、しっているよ。もうすこししたらおひさまはねんねして、かわりにおつきさまがでてくるんだよね？ いそがなきゃ！

いっしょうけんめい、しょこらのうしろをおいかけたら、みたことのないばしょにいた。

ガラスでできたたてものに、たくさんのおはな。

おくのながーいいすに、パパとりりあんおねえちゃんがすわっていたの。

でもパパは、うっとりしためで、りりあんおねえちゃんをみている。

……なんとなくわたしは、ムッとした。

パパが、ママにうっとりしためや、やさしいかおをするのはだいすき。

りりあんおねえちゃんに、やさしいかおをするのもすき。

でも……ママじゃないひとに、うっとりしためをするのは、なんかいや!!

「パパ!!」

わたしがさけぶと、パパはこっちをみた。

「アイか。こんなところまでどうしたんだい。おいで」

すぐにパパのてがのびてきて、わたしをだっこしてくれる。

でも、わたしはおこっている。

すぐにパパを、パーンってしないと！

……でも、パーンって、どうするの？

わたしがよこにいるしょこらをみたら、しょこらはすぐにおしえてくれた。

「なーお」

『とりあえずおててでぶっ叩けばいいのよ』

おてて！　わかった！

「パパ……」

「ん？　なんだい？」

わたしはすうっといきをすった。

それからりょうてをぱーにして、ちからいっぱいパパのかおにむかって、ふったの。

「ママを、かなしませちゃだめえええ――――!!」

ばちぃいいいいん!!

ってすごいおとがして、わたしのてもじんじんした。

……あれ？　おててでぶつって、これでいいの？

わたしのまえでは、わたしのりょうてにかおをはさまれたパパが、すごくびっくりしたかおをしている。

そのとき、ぴろんっておとがした。

あ、これ、〝すきる〟だ。

『スキル、対象浄化を習得』

……でもむずかしくてよめない。こんど、ママによんでもらおっと。

そうおもってたら、パパがくるしそうにおでこをおさえた。

「ぐっ……。私は、一体……!?　なぜ君が隣にいるんだ、リリアン！」

パパがすっごくあせっている。

となりにいるりりあんおねえちゃんも、すっごくあせっていた。

「また解けたの!?　こうなったらもう一度よ。〝ユーリ様、私はエデリーンよ〟」

「それはなんの冗談だ!?　くっ、なんだこの記憶は……！　なぜ私は君と……!?」

「そんな……まさか効かないの……!?」

わたしがぽかん……ってみてたら、ハッとしたパパが言った。

「エデリーンは！　エデリーンはどこにいる⁉」

「ママなら、さくらのおばあちゃんのところだよ」

「わかった。ならすぐに行こう。リリアン、君にも――いや、お前にも来てもらう。オリバー、連行しろ」

「はっ！」

そのときの、りりあんおねえちゃんは、すごくげんきがなかった。

おりばーがおねえちゃんのてにひもをむすんだんだけど、そのときもずーっと、しずかなまんま。

おねえちゃん、どうしたんだろ……？

◇◦王妃エデリーン◦◇

私が意識を取り戻したのは、どこぞのベッドの上だった。

まだくらくらする状態で目を開ければ、見たことのない部屋の中。手首に痛みを感じて見上げれば、私は両手を縛られていて、ロープの先はベッドの柱に繋がっている。

「起きたかい、エデリーン」

そう声をかけてきたのは、マクシミリアン様だ。

彼は先ほどまで着ていたジャケットをすべて脱ぎ、ラフな格好でワイングラスを揺らしている。

「手荒なことをしてしまってすまないね。でも、僕と君が結ばれるためには、これしかなかったんだ」

はぁ、と憐《あわ》れみを誘うような表情を浮かべてため息をついているけれど……これって完全に人さらいじゃない！

「正気じゃないわ……！　どう考えてもうまくいくはずがないのに、なぜこんなことを？」

「言っただろう、君とやり直したいんだ」

「そんな言葉に騙《だま》されるわけがないでしょう。時間の無駄だから、さっさと本当のことを話したらどうなの？」

私が挑発すると、マクシミリアン様――いえ、マクシミリアンはにやりと笑った。

「……それもそうだね。いいよ、君の挑発に乗ってあげよう」

笑いながら、マクシミリアンが私に近づいてくる。

「実は――君を捨てて手に入れた新しい婚約者なんだけれど、彼女、とんでもない悪女でね。我が家の金目のものを全部持っていったあげく、私の名前で勝手に借用書まで作っていたんだ」

……なるほど。興味がなくて聞いていなかったけれど、新しい婚約者がいないと思ったらそんな理由。つまり、この誘拐はお金目当てなのね。

「でも、それと私に一体なんの関係があるの？　身代金目的の誘拐だとしても、こんなのすぐに露呈するし、王妃に手を出してただで済むわけがないわ」

それに私の夫は何を隠そう、軍人王と呼ばれたあのユーリ様なのよ？

「ノンノン、身代金目的じゃないよ。僕はあくまで、君と結婚したいんだ。――聞くところによると、君と国王陛下は、まだ白い結婚らしいね？」

そう言ったマクシミリアンの瞳が、ぎらりと嫌らしく光った。

「なら、国王より先に僕が君を奪ってしまったら、どうなると思う？ 他の男の子どもを宿しているかもしれない王妃は、王妃でいられると思うかい？ ……侯爵家も、僕を婿に迎えるしか、道はなくなるだろうな」

……この男。

口の中に苦いものが広がる。一時でもこんな男を想《おも》って落ち込んでいた自分が情けない……そう思うぐらい、今のマクシミリアンは堕ちていた。

「私に指一本でも触れてごらんなさい。嚙みちぎってやるわ」

「おお、怖い。君、そんなに狂暴だっけ？ 前はもう少しおしとやかだった気がするんだが」

「それはこっちの台詞《せりふ》。こんなことをされたら、誰だって狂暴になるわ」

第一これぐらいで怯《ひる》んでいる時間なんてないのよ。

だって私はあの子の母親。

アイは今頃、いなくなった私を捜して泣いているかもしれない。

そっちの方が、よっぽど心配なのよ！

「……これは、猿ぐつわを嚙ませた方がよさそうだね？」

言うなり、マクシミリアンはしゅるっと自分のスカーフをほどいて、私の口にぐいっと突っ込んだ。

「うう！」

だったら、血が出るまで頭突きしてやるわ！

「ははっ！ 今度は頭突きする気だと、顔に描いてあるよ。だが残念ながら、そこからじゃ君は届かないはずだ」

マクシミリアンが笑いながら、私の足に触れた。

ぞわっとして蹴り上げようとしたけれど、その前に足を押さえられてうまく動かせない。

〜〜っこの！ 汚い手で触らないで……！ ユーリ様……!!

私は心の中で彼の名を叫んだ。

……わかっている。彼は今頃、リリアンと一緒にいるはずだって。

それでもこんな時に顔が出てくるのは、やっぱりユーリ様だけなのよ……！

スカーフを噛みながら、私がぎゅっと目をつぶった、その時だった。


ドゴォンッ!! という破壊音とともに、部屋の壁が吹っ飛んだのは。


扉ではないわ。壁よ。だって私のいる位置から、ちょうどそれが見えていたんだもの。

「なっ!?」

仰天したマクシミリアンが振り向いた次の瞬間、今度はゴッ!! という鈍い音がして、マクシミリアンが吹き飛んだ。

それが部屋に飛び込んできたユーリ様に殴り飛ばされたからだとわかったのは、必死な顔をしたユーリ様が、私の口に詰められたスカーフを取り出した時だった。

「エデリーン、無事か!? すまない、私がふがいないばかりに……！」

ブツッ、ブツッという音とともに手首を縛っていたロープが切られ、そのまま私はユーリ様に力強く抱きしめられる。

私はケホ、と咳き込んだ。

「ユーリ、様……。どうしてここに……!? リリアンと一緒にいたのでは……!?」

事態が呑み込めなくて、でも来てくれたことが嬉しくて、私はユーリ様の背中におそるおそる手を回す。

「すまない！ 術にかかり、そのせいでリリアンを君だと思い込んでいた……！ 本当にすまない！ 君は、つらい思いをしただろう……！」

術？ リリアンを、私だと思い込んでいた……？

頭の中で必死に情報を整理していると、起き上がったらしいマクシミリアンが、殴られた頬を押さえながら叫ぶ。

「クソッ、どうなっているんだ……！ リリアン！ お前の仕事は、国王を魅了することじゃなかったのか!? サキュバスなんだろう!?」

「えっ!? サキュバスだったんですか!?」

突如混じった叫び声は、双子騎士のオリバーとジェームズだ。

見れば、ユーリ様がやってきた方向から、手をロープで縛ったリリアンを連れたオリバーと、アイを抱っこしたジェームズが立っている。ジェームズはマクシミリアンを見つけると、アイをその場に下ろしてマクシミリアンの拘束に走った。

「サキュバス!? ……魔物か」

マクシミリアンの言葉に、ユーリ様の瞳が鋭く険しくなる。

——ユーリ様は過去に、魔物に母親を殺されている。それもあって、彼は魔物に対してはとても厳しく、冷酷なのだ。

一方のリリアンはといえば、諦めたようにフッと笑っただけ。

直後、バサリと音がして、小さな黒い羽根と羊のようにぐるりと巻いた角が現れる。

まるで、もう隠す気はないとでも言うかのように。

……でも、不思議ね。リリアンは正体を隠す気がないのと同時に、抵抗する気もないように見えるわ。だってあのロープぐらいいくらでも切れそうなものなのに、未だに手につけたままだもの。

「オリバー、アイを遠くに連れていってくれ。サキュバスは私が――」

言って、ユーリ様が剣に手をかける。けれど彼が剣を構える前に、アイの叫び声が辺りに響いた。

「だめ!! りりあんおねえちゃんをいじめちゃ、だめっ!!」

「あっ！ アイ様！」

バッ！ とオリバーの手を振り払ったアイが、リリアンの前に立ちふさがり、両手を大きく広げてかばう。それを見たユーリ様は、ゆっくりと首を振った。

「……アイ。こればかりは駄目だ、彼女は魔物なんだ」

「それでもだめ！ だってりりあんおねえちゃんは、アイのおともだちだもん！ まものだからって、いじめるの、だめ！」

「アイ、それは……」

「だってパパ！ まものがぜんぶわるいひとなら、どうしてりりあんおねえちゃんは、にげようとしないの!? パパにだって、やりかえしたりしてないよ！」

その言葉に、ユーリ様がハッと黙り込む。

確かにそれは、私も先ほどから気になっていたことだ。

そんな私たちの代わりに答えたのは、それまでずっと黙っていたリリアン自身だった。

「ただたんに疲れてしまっただけよ。どうせ失敗した以上、わたくしはもう主様に顔向けできないんだもの。だったら失望される前にここで終わらせた方が、ましだというもの」

……主様？

淡々と語るリリアンの顔は、虚ろだ。

「なら、アイたちのところにこればいいよ！　だっておねえちゃん、ママのきしさまなんでしょ⁉︎」

「アイ、それはできないんだ。彼女は私に術をかけ、マクシミリアンと共謀して、エデリーンを……ママを、危険な目に遭わせた」

ぎろりとユーリ様が鋭くマクシミリアンをねめつける。ジェームズに捕まってぶすりとしていた彼は、「ひっ」と短い悲鳴を上げた。

「じゃあ、おねえちゃんともういっかいなかよくすればいいよ！　なかなおり、しようよ！」

「彼女は魔物。私たちとは生きる世界が違う」

「そんなことないよ！　だって……だって……！」

一瞬、アイはちらりとそばにいたショコラを見た。けれどぶんぶんと首を振ったかと思うと、アイは叫んだのだ。

「だっておねえちゃん、どーなつおいしいっていってたもん‼」

……どーなつ？

私たちが目を丸くする前で、なぜか虚ろだったリリアンだけが、ぴくりと肩を震わせる。

「またどーなつぱーてぃーしようねって、アイとやくそくしたもん！」

「アイ……」

「それにおねえちゃん、ほんとうはぜんぜんパパのこと、すきじゃなかったんだよ！　だから、ぜんぶいやいや、がんばってたんだよ！」

「……えっ？」

突然出たまったく予想外の発言に、その場にいた大人たち全員が目を丸くした。

「えっ、あの、アイ。急にどうしたの……？」

「だってアイ、すぐわかったもん！　パパみてるときのおねえちゃん、ぜんぜんたのしそうじゃないから、なんでだろって、おもってたんだもん！」

アイの容赦ない言葉に、ドスドスッと見えない矢がユーリ様に深く突き刺さった……気がした。

「あ、あの、アイ……？　もうちょっとその、手心を加えるというか、オブラートに包んでくれると嬉しいなっていうか」

五歳のアイにこの言葉の意味はまだ通じないだろうと思いつつも、私は言わずにはいられなかった。

だってあまりにもユーリ様が不憫《ふびん》で……！

「い、いいんだエデリーン。事実だから……」

「ユーリ様……！」

リリアンが企みのためだけにユーリ様を籠絡しようとしていたのはみんなもう気づいているけれど、だからってはっきりと言葉にされると傷つくというか……！

子どもの正直さ、怖い！

「だからおねえちゃんは、わるくないもん。どーなつすきなひとに、わるいひとはいないもん！　うぇえええん!!」

とうとう大声で泣き出したアイに、私はあわてて駆け寄った。抱きしめようと手を伸ばすと、アイがすぐさま胸の中に飛び込んでくる。

そうよね、アイにとってリリアンは、りりあんおねえちゃんというお友達だものね……。

「ねえ、リリアン」

私は泣きじゃくるアイを抱きしめながらリリアンを見た。

彼女は未だ抵抗ひとつ見せず、その表情はすべてを諦めたように虚ろだ。

「サキュバスのあなたが、どうしてマクシミリアンと手を組んで私を狙ったの？」

「……弱体化するためよ。あなたと国王が不仲になれば、力を失う人物がいるでしょう」

私とユーリ様の不仲で力を失う？

「それって……」

言いかけて、私はパッと手で口を押さえた。

だって気づいてしまったんだもの。

リリアンが、なぜ『力を失う人物』なんてまわりくどい言い方をしたのか。

それはアイに、「聖女であるアイを傷つけるためにやった」、と聞かれたくなかったからではないのかしら？

ささやかな言葉の違いなのかもしれない。けれどそういうささやかな部分にこそ、人の本音は出ると思うのよ。

なら……リリアンは本当に、アイを友達だと思っていたということ？

「ねえ……。アイを友達だと思っているのに、それでもやらずにはいられなかった理由は何？」

思えば、最初の頃のリリアンは、確かに企みを持っていた気がする。

けれど一時《いっとき》、リリアンは別人のように毒気が抜けていたのも事実だ。

私の質問に、リリアンはふっと鼻で笑った。

「魔物であるわたくしに、人間を傷つけるのに理由なんて必要？」

「確かにそれが、魔物と人間かもしれないわね。でも少なくとも、あなたは人間であるアイを、今でも友達だと思ってくれたのでしょう？ でなければあんな気遣うような言い方、しないはずだわ」

私の言葉に、リリアンが黙り込む。

「だったら、どうして？ このままあなたはずっと私の護衛騎士で、ハロルドのように、年や立場は違えど、アイの良き友達……そんな未来は、選べなかったの？」

胸の中では、抱きしめたアイもじっとその言葉を聞いていた。ユーリ様も、オリバーも、ジェームズも口を出さず、静かに言葉を待っている。

やがて、リリアンの口から、はあと大きなため息が漏れた。

「……そんな道はないわ。猫じゃあるまいし、主様に生み出されたわたくしが主様を裏切れるわけがない。あの方をこれ以上の絶望に落とすことなんて、できないもの……」

猫？ どういう意味かしら。

でもそれより、リリアンの口から出てきた「主様」という言葉が気になるわ。リリアンを送り込んだ黒幕ということよね？ 同時に、生み出されたということは、親でもあるの？

「リリアン、あなたは優しいのね」

私はふっと微笑んだ。

リリアンは一見するととんでもない悪女のようだけれど、話を聞けば聞くほどわかる。

彼女は……自分のためには、何ひとつ行動していないのよ。

主と呼ぶ人物のためにイヤイヤ働き、アイを裏切りながらも、極力傷つけないようにしている。

もちろん、彼女がした行いは悪よ。けれど……。

私は顔を上げると、今度はユーリ様の方を向いた。

「ユーリ様。私はリリアンの減刑を嘆願しますわ。しかるべき罰は受けさせても、彼女の命までもを奪う必要は、ないと思います」

「……彼女が、魔物であってもか」

「魔物であっても、です」

私はきっぱりと言った。

「魔物は確かに忌むべき敵。ですが彼女には人間同様、意思も心もありますわ。それを魔物だからといって切り捨てたら、私たちの方が魔物と同じになってしまいそうな気がするんです」

「逆に言えば、意思を持たない有象無象《うぞうむぞう》の魔物より、よほど彼女の方が危険だと思わないのか？今回だって、あと一歩のところで、君を救えなかったかもしれない」

「そうですわね。そういう一面もあるのでしょう。考えが甘いと非難されるかもしれませんわね。それでも私は魔物を——いえ、リリアンという人物を、信じたいのです」

そこまで言って、私はにこりと微笑んだ。

「だって……アイの大事な友達なんですもの。それ以外に理由、いりますか？」

その言葉に、ユーリ様はふぅと大きなため息をついた。顔には困惑と迷いが浮かんでいるが、先ほどまでの冷酷な光は、消えている。

次に私は、アイと手を繋いだまま、リリアンに向かって歩いていった。

「あなたにも言いたいことがあるのよリリアン。オリバー、このロープをほどいてちょうだい」

私がリリアンの手首に巻かれたロープを指さすと、オリバーが戸惑いの表情になる。

「ですが」

「お願い」

私の懇願に、オリバーは一瞬ちらりとユーリ様に視線を走らせた。その後、ためらいながらもしゅるしゅるとロープをほどいていく。

その様子を、リリアンはじっと見つめていた。

「ねえリリアン……。あなたが主と呼ぶ人物が、どんなにつらい過去を抱えているか、私は知らないわ。あなたと主の間に、どんな深い繋がりがあるのかも。でもね……これだけは覚えていてほしいの」

私は片手でそっとリリアンの手を包み込んだ。

「あなたの人生は、あなただけのものよ。どんなに大好きな親だったとしても、親の悲しみや憎しみを背負ってあなたが頑張る必要は、どこにもないの」

大好きな親のために子どもが頑張りたいと思うのは、自然なこと。私だって幼い頃、母や父に喜んでもらいたくて、色んなことを頑張ったもの。

でも、だからといって自分の本当にやりたいことを我慢して、いやいや悪事に手を染めるなんて——あまりにも、悲しすぎる。

子どもは親を慰めるために、生まれてきたわけじゃないのよ。

「……そんなの、綺麗事だわ。あなたは人間で、王妃じゃない」

「そうね。そうかもしれない」

私が恵まれた生まれだというのは、自覚している。侯爵家という裕福な家に生まれて、婚約解消など多少の波乱はあれど、両親は良き人物で、深く私を愛してくれたわ。

でも、だからこそ思うのよ。

両親に愛されて育った私だからこそ、できることはないのかと。

両親が私を包み込んでくれたように、今度は私が、誰かを包んであげられないのかと。

世の中には負の連鎖という言葉があるわ。泥棒の家に生まれた子は、何もしない限り自然と泥棒になる。

なら、その逆は？

恵まれた私だからこそ繋げられる、愛情の連鎖はないの？

綺麗事で、偽善で、傲慢と言われてもいい。

私の手の届く範囲は本当にわずかで、全員を救うことはできない。

それでも、手の届く範囲で精いっぱい、誰かを良き方向に連れてこられたら……。

そう願ってやまないのよ。

「この考え方を強要はしないわ。でも、あなたの心が何にも縛られず、自由になってほしいと思っているのは本当よ。だってあなたはアイの大事なお友達ですもの」

私がそう言うと、まだ目が赤いながらも、アイもこくりとうなずく。

やがて皆が見つめる中、虚ろだったリリアンの瞳からツ――と一粒の涙がこぼれ落ちた。

第五章 不憫なユーリ様

結局リリアンは私の嘆願により、しばらくは大神殿預かりとなった。ホートリー大神官が「責任をもって見張りますぞ！」と張り切っていたので、多分大丈夫だと思う。

けれど、部屋に戻るなり——。

「エデリーン、本当にすまなかった‼」

「きゃあっ⁉」

ユーリ様が、私を抱きしめてきたのよ！

「だだっ、大丈夫ですわ！ こうしてユーリ様が助けてくださいましたし、それに術をかけられていたのは、ユーリ様だけじゃないのでしょう？」

ハロルドも、各所に現れていた謎の護衛騎士も、その他たくさんの人たちも、皆、リリアンの魅了にかかっていたのだと、先ほどホートリー大神官が説明してくれたの。……あ、でもマクシミリアンは別よ？ 彼は彼で、しっかり牢獄《ろうごく》にぶち込まれたわ。

ホートリー大神官は既にリリアンがサキュバスだと見抜いていたから、この間すごく謝っていたのね。

「それに……」

言って、私はふふっと笑った。

これはリリアンの自供なのだけれど、どうやらユーリ様には何度やっても魅了がかからなくて、仕方なく幻惑という術を使ったのですって。

リリアンを私の姿に見せる幻惑を使って初めてユーリ様を堕とせたということは……。

「つまり、ユーリ様はずっとリリアンを私だと思って、でれでれにやにやしていたということですわよね？」

私が聞くと、ユーリ様はぐっと言葉を詰まらせた。

「す、すまない……！　術にかかってしまった自分が、心底情けない……！」

ふふっ、とまた私は笑った。

実は、それに関してもリリアンが言っていたの。

何度かユーリ様が私じゃないと見破ってしまったから、術をかけ直すはめになっていたと。そのせいでユーリ様は度々発作を起こしていたのだと。

「許しませんわ」

私はにっこりと言った。それを聞いたユーリ様がうなだれる。

「そう……だよな……」

そんなユーリ様の顔に、私はそっと両手で触れた。

「私、あなたがリリアンといちゃいちゃしてとっても傷つきました。だから――私とはもっと、いちゃいちゃしてくださいませ？」

「エデリーン……!?」

その瞬間、ユーリ様の顔がぼんっと赤くなり、かと思うとガバッと抱きしめられた。

「きゃっ」

「エデリーン！　もうだめだ、我慢できない。今こそ言わせてくれ！」

「えっ」

「私は、君を愛している！」

「なっ⁉」

急に何をおっしゃいますの⁉　部屋の中に一体どれだけの人がいると思って⁉

あわてて周りを見ると、双子騎士や三侍女たちが、これみよがしに視線を逸らしている。ただし、ソファに座ったアイはじぃーっと私たちを見ていた。

「勇気が出なくて、伝えるのが遅くなってしまった。そのせいで君をつらい目に遭わせたと思う……！　だから私はもうためらわない。何度だって言うぞ。エデリーン、君が好きだ！　私と結婚してくれ！」

「こ、こういう時はためらってくださいませ！　それにもう結婚していますわよ！」

ユーリ様の言葉に、私の顔までどんどん赤くなっていく。視界の端で、みんながこそこそと退出していくのが見えた。でもアイは、まだじぃーっとこちらを見ている。

「エデリーン。君はどうなんだ？　私との結婚に、後悔はないか？　私はこのまま、君の夫を名乗ってもいいのか？」

ユーリ様の顔は、いつになく切羽詰まり、真剣だった。深い青の瞳がゆらゆら、ゆらゆらと切なげに光っていて、それはどきりとするほど色っぽい。

暴れる心臓の音が恥ずかしくて、私はパッと顔を逸らした。

「い、嫌だったら、さっきみたいな言葉は口にしていませんわ……！」

もごもごと答えれば、声まで潤み始めたユーリ様が言った。

「エデリーン……！」

それからそっと、ユーリ様の武骨な指が、私の顎に添えられる。

そのままくいっと顎を持ち上げられる感覚がして私は焦った。

もしかして⁉

「ま、待ってくださいませ、その、アイが……」

言いながら、ちら、とアイに視線を送り――私は目を丸くした。

「にゃあん」

ご機嫌なショコラの声が聞こえたかと思ったら、なんと、ショコラが黒くて丸いおてててで、アイを後ろから目隠ししていたのよ。

「ねえ、しょこら。なんでみちゃだめなの？」

両目をショコラのもふもふおててに隠されたアイは、不満そうだ。

「にゃあん」

ふたりはまるで、会話を交わしているよう。

……というかショコラ、どう見ても普通の猫じゃないわよね？　普通の猫、あんなことしないわよね？

そこで私はふと気づいた。さっき、リリアンが『猫じゃあるまいし』って言ってたのって、もしかして……？

……でもまあ、いいか。

だって、ショコラもアイの大事なお友達なんですものね。

「ありがとう、ショコラ」

「にゃあん」

私が言うと、ショコラがまたご機嫌で鳴いた。

「エデリーン……」

目の前ではユーリ様が、潤んだ瞳で私を見つめている。

そこに浮かぶのは、とてつもないほどの色気で。

うっ、ゆ、ユーリ様、本当、こういう時にだけ、毎回すごすぎないかしら……!?

心臓が、早鐘のように打っている。

私は覚悟を決めると、ぎゅっと目をつぶった。

――私の唇にやわらかな唇が押しつけられたのは、その直後のことだった。

書籍限定書き下ろし掌編一　「寝静まった夜に」

「ユーリ様、お加減は大丈夫ですの？」

燭台を枕元の机に置きながら、私は聞いた。

ここはユーリ様の部屋。

あの後倒れてしまったユーリ様を休ませるために、今日は私の寝室ではなく、ユーリ様の寝室で寝てもらうことにしたのよ。

「ああ……心配させてしまってすまない。まだ少しめまいがするが大丈夫だ」

けれどそう言うユーリ様の顔色は悪く、まだ万全ではなさそうだ。

「無理をしないでくださいませ。リリアンが言っていましたわ。〝幻惑〟は強力なかわりに、対象者の体をむしばむと。特にユーリ様は何度も術をかけ直されたのです。消耗は激しいはずですわ」

言って、私は握ったハンカチをユーリ様に伸ばす。ユーリ様の額にはうっすらと汗がにじんでいたから、それを拭こうとしたのよ。

「そうか……情けないな。体力には自信がある方だったのだが……」

「むしろよく持った方だと、ホートリー大神官もおっしゃっていましたわ」

ホートリー大神官は、穏やかな風貌をしていても大神官だ。その圧倒的な神聖力はマキウス王国歴代一位とも言われ、実際リリアンの正体も見抜いていた。

それに対して、ユーリ様は騎士ではあるものの神聖力を持たないただの人間。むしろ今までよく魅了にかからなかったなんてすごいと、ホートリー大神官が褒めていたのよ。

額の汗を拭きながら言うと、ユーリ様が目を細めた。

「そういえば……アイは？」

「アイなら先ほど私の部屋で寝ましたわ。寝入る直前まで『パパ、だいじょうぶ？』と、ユーリ様のことを心配していましたのよ」

「そうか……」

私は自室でアイを寝かしつけてから、ユーリ様の様子を見に来ていたの。

アイの寝ている部屋の外には護衛の騎士たちがいるから、万が一アイが起きても大丈夫なはず。

そのことを伝えると、ユーリ様はホッとしたようにうなずく。

「アイにも、苦労をかけてしまったな。私がもっと強ければこんな事態にはならず、誰も傷つけることなく、平和なままでいられたものを……」

まだ一連のことを思い出しているのだろう。

暗い表情になったユーリ様を見て、私は笑った。

「それは言いっこなしですわ。確かにユーリ様が幻惑にかからなければ、しばらくはずっと平和に過ごしていたかもしれませんが……」

言いながら私は、アイと一緒にドーナツを頬ばるリリアンの姿を思い出していた。

それは魔物とか人間とか、そういう区別も垣根もない、平和でほのぼのとした世界。

願わくば、ずっと続いてほしい日々。

……けれど。

「偽りは、偽りでしかありません」

言って、私はユーリ様の手をそっと握った。

「リリアンが主と呼ぶ存在に主導権を握られている以上、遅かれ早かれやってきたことです。どうしようもないことでしたわ」

「エデリーン……」

「リリアンはまだ生きています。きっと、これから新しい道を歩むことだってできるはずですわ。私はそちらに期待したいのです。それに……実を言うと、少しだけリリアンには感謝しておりますのよ？」

「感謝？　なぜ？」

私の言葉に、ユーリ様が目を丸くする。

「多少……いえ、結構荒療治ではありましたけれど、その……」

そこで私はもごもごとためらった。

「その？」

続きをせかすように、ユーリ様がじっと私を見つめてくる。そのまっすぐな瞳が気恥ずかしくて、私はふいと目を逸らした。

「その……恥ずかしい話ですけれど、ユーリ様がリリアンに微笑んでいるのを見て、私もようやく……自覚したんですわ。それだけです」

なけなしの勇気を振り絞って言葉にする。途端に先ほどまでベッドに寝ていたはずのユーリ様が、急にがばりと起き上がった。

それから逃すまいとするかのように、私の言葉に食らいつく。

「自覚？　何を？」

「そっ、そこ掘り下げますの⁉」

「続きを聞きたいんだ」

青い瞳が、暗闇の中にもかかわらずギラギラと光っていた。

「続き、って……！」

「エデリーン、頼む」

言って、大きな手が私の両手をぎゅっと包む。その瞳は真剣そのもので、とてもじゃないけれど笑ってごまかせるほど軽くはなかった。

うう……そこまで懇願されるとは思わなかった……！　だとしたら、言うしかないわよね……⁉

うつむき、散々ためらってから、私は覚悟を決めてぶっきらぼうに言った。

「ゆ……ユーリ様を、好きなことをですわ！」

直後、顔が羞恥でカーッと赤くなる。

この前ふんわりとは伝えたけれど、改めて口に出すと、こんなに恥ずかしいなんて……！

ドキドキと、心臓が鳴っている。

ユーリ様はなんて言うのかしら。

「……？」

けれどユーリ様から何も言葉が返ってこない。思わず私は顔を上げた。

——そこで見たのは、壮絶な色気を放つユーリ様の姿だった。

深い青の瞳は濡れて、じっと、妖しい切なさをたたえて私を見つめている。

「エデリーン……」

漏らした声はかすれ、それがぞくりと私の耳を撫でていく。

「ユーリ様、そんなお顔は……」

私には刺激が強すぎますわ！

と、言おうとした矢先だった。

ぐいっ！　とユーリ様に強く手を引かれたのだ。

「きゃあっ！」

そのまま私はベッドに前のめりになったかと思う間もなく、気づいたらユーリ様に組み敷かれていた。

「!?　なっ、何……!?」

あまりの早業に、頭がついていかない。

そんな私を上から熱っぽい瞳でじっと見つめているのは、まぎれもなく私の夫であるユーリ様自身。

「ユーリ様、どうしたんですの……!?」

「エデリーン……」

その声はぞくぞくするほどに低く、甘やかで。

「私はこのまま君と、本当の夫婦になりたい。……いいだろうか？」

……。

………。

…………えっ⁉

「そ、それってまさか⁉」

意味を理解した私が体を硬直させると、ユーリ様はこくりとうなずいた。

「で、でも、アイが！」

「君の部屋で寝ている」

そういえばそうだった……‼

「で、でも、お体が！」

「治った」

本当に⁉　でも確かに今は元気そうだわ！

じゃ、じゃあ……？　本当に……⁉

心臓が、バクバクと早鐘を打っている。

「エデリーン……」

必死に考えているうちに、ユーリ様の顔が近づいてきた。

わ、わ――‼　耳に、ユーリ様の吐息が‼

「だめか……？」

そう私に訴えかけるユーリ様の瞳は、うるうると潤んでいて。

うっ！ そんな顔で頼むなんてずるいわ⁉

こ…………こうなったら。

女は度胸よ！

私はユーリ様の顔を両手で挟むと、勢いよくくちづけた。

書籍限定書き下ろし掌編二 「大神殿預かりのリリアン」

女神ベゼが美しい顔でわたくしを見下ろしている。

白い石の顔に宿るのは慈愛の微笑み。今にも『あなたを許しましょう』と語り掛けてきそうなほど精巧に作られた石像は、ここクェルイ大神殿のあちこちに置かれたものだ。

「それではリリアン殿、私がいない間にくれぐれもよからぬことは企みませんよう……」

大神殿の部屋の中でホートリー大神官が言った。

禿げ上がった頭におっとりした垂れ目。この上なく人畜無害そうな顔をしていながら、彼はその実この神殿で誰よりも危険な人物だ。

「……しないわよ、そんなこと」

わたくしは言い捨てるようにしてふいと顔を背けた。

簡素な窓から見えるのは、大神殿の表にある大きな噴水。その周りを礼拝者たちがゆっくりと歩いている。皆、女神ベゼ像に会いに来たのだ。

――ここはクェルイ大神殿の、わたくしのために用意された部屋。

お城と違って豪華な家具はないものの、白い壁に囲まれた部屋は隅々まで掃除され、木材でできた素朴な机が鎮座している。

といってもそれは表面上の話で、その実態はわたくしのために用意された牢獄。

聖女アイと王妃エデリーンがわたくしの減刑を嘆願したことで、わたくしは処刑されず、こうして軟禁されることになったのよ。窓には結界が張ってあるし、外で見張りに立つ神官たちもわたくしに魅了されないよう、特殊な目隠しをしている。

そしてわたくし自身の手首にも、聖なる石で作られた白い腕輪がつけられていた。腕輪には女神ベゼの紋章が彫り込まれ、込められた神聖力でわたくしは無力化されている。

……実際はそこまで無力化されているわけではないのだけれどね……。

考えてわたくしはふぅとため息をついた。

わたくしは腐っても上位サキュバス。やろうと思えば、今でも外で見張りをしている神官をひねりつぶせるわ。

でもそんなことはしない。……無意味だもの。

どのみち聖女が幻惑を無効化してしまったから、主様に顔向けできるほどの挽回は無理。

そう考えると、この腕輪のせいで主様との連絡がとれなくなってしまったのはある意味わたくしにとって都合がよかった。

けれど……これから先どうすればいいのだろう。

王妃には『あなたの心が何物にも縛られず、自由になってほしい』と言われたけれど、自由って何？　わたくしはずっと主様の望みを叶えるため絶望を振りまいてきたし、そのために生まれているのよ。なのに自由に生きるって、何をすればいいの？

わからなくて、わたくしはハァとため息をついた。

と、その時だった。

部屋の外がなにやら騒がしくなったかと思うと、大きな声が聞こえてきたのだ。

「通してくれないか。この通り、大神官の許可はもらってあるぜ」

「で、ですが！　それならこの目隠しをした上でないと」

「そんなもんしてたら落としちまうだろ。それに今のあいつなら多分大丈夫だ」

それから間髪入れずに、バァン！　という乱暴な音がして扉が開く。

「よう、待たせたな」

そう言って八重歯の尖った歯を覗かせてニカリと笑ったのは――予想通りハロルドだった。その手には銀色をした謎の物体を持っている。

全然待っていないわよ。

そう言おうかとも思ったけれど、わたくしはふいと目を逸らした。だって任務のため彼にも魅了をかけたこと、きっともう知らされている。それにわたくしがサキュバスだということも当然バレているし、今さらどういう顔をすればいいのかわからなかったの。

反応のないわたくしに、ハロルドが「おぉ？」と声を上げる。

「まあ落ち込んでいるのもわかるが、命は助けてもらえてよかったじゃねぇか。人間、生きてりゃいいこともあるかもしれないからな。……ってお前は人間じゃなかったな」

言って、何が楽しいのかひとりでガハハと笑っている。

何なのこの男……わたくしをあざ笑いにでも来たの？

わたくしが睨むと、ハロルドは手に持った物体にもう片方の手を伸ばしながら言った。

「そうイライラすんなって。どうせ暇だろうと思ってこれを持ってきてやったぞ」

その物体は、お盆の上に乗った銀色のドームのような形をしている。一番上にはちいさなつまみがついており、ハロルドがそれをつまみ上げてゆっくりと持ち上げると……。

ふわん、という甘い匂いとともに、山盛りのドーナツが姿を現したのだ。

「どっ……!」

ドーナツ‼ と叫びそうになってわたくしはパッと両手で口を押えた。

そんなわたくしに気付いて、ハロルドがにやりと口の端を釣り上げる。

「どうだ。お前のために作り立てだ」

言いながらずいっとお盆ごと差し出す。わたくしは怒るのも忘れてごくりと唾を呑んだ。

そこには聖女が一番好きだと言っていた『ぽんぽん☆サンリング』に『ふわふわ☆天使のくるくる☆シュードーナツ』、それから実はわたくしが一番好きな『チョコたっぷり☆リングドーナツ』もたくさん載っていたのよ……!

本当は釣られたくないのに、ついつい目がドーナツの山にひきつけられてしまう。

ぐぅぅう、とそれまで大人しかったお腹が鳴って、わたくしはハッとして今度はそっちを押さえた。そこに上機嫌なハロルドが言う。

「サキュバスが人間とどう違うのかよくわかんねぇが、とりあえず腹は空いてるだろ?」

思い切りドーナツを見つめてしまったことで、今さら意地を張るのも馬鹿らしくなってきた。わたくしはハァとため息をつくとあきれたように言った。

「……別にいつもお腹空いているわけじゃないわよ。そもそも上位サキュバスは物なんか食べなくても生きていけるし」

「ん? そうなのか? じゃあこのドーナツはいらないってことか」

「そ、そうは言っていないわよ‼」

ハロルドがお盆を引っ込めるそぶりを見せたので、わたくしはあわてて『チョコたっぷり☆リングドーナツ』をひったくった。

それはふわふわとした生地のドーナツで、上半分にたっぷりとチョコレートがかけられている。はむ、とひと口かじれば、もちもちふわふわとした食感とともにチョコレートの甘さが口いっぱいに広がった。

……はあ。やっぱりなんだかんだ言っても、この男の作るドーナツは本当においしいのよね……。特にこのドーナツはチョコレートのおかげで甘いのに甘すぎない、その絶妙な匙加減が好きなのよ。放っておくといくらでも食べられちゃうから怖いわ。

そう考えている間にも一瞬でドーナツはなくなってしまって、わたくしが気まずそうにちらりと見ると、ハロルドは「ん」と言ってお盆を差し出した。

「………………言っておくけど別にお腹が空いたってわけじゃないから。あと暇なわけでもないから。ただ残すのがもったいないから全部食べているだけよ」

言い訳がましく言うと、ハロルドが目を細めてくくと笑う。

「そうだな。ドーナツ残すと俺が悲しい思いをするからな」

「べっ、別にあんたのために食べているわけでもないから！　ドーナツのためよ！」

吠えて、わたくしはまたガブッとドーナツにかぶりつく。

もぐもぐとわたくしが咀嚼を繰り返している間に、ハロルドはそばのテーブルにお盆を置いて、自分は引きずって来た椅子に座った。

かと思うと頬杖をついて、何やら嬉しそうな顔でこちらを見つめてくる。

「……何よ。見られていると食べづらいんだけど？」

頬にドーナツを詰め込んだまま、わたくしはつっけんどんに言った。

「いやあいい食べっぷりだなぁと思って。それだけ食べてもらえればドーナツも本望だぜ」

わたくしはふん、と鼻を鳴らした。それから考える。

「……というかあなた、わたくしのことなんとも思わないの?」

わたくしは王妃と国王の仲をぐちゃぐちゃにしようとしたのだ。それにハロルド自身にだって魅了をかけ、その上護衛という名の見張り役もつけて監禁まがいなこともした。

けれどそんなわたくしの心配とは裏腹に、ハロルドはさも当たり前のことを言うかのようにあっけらかんと言った。

「ああ?　魅了のことなら別に何とも思わねぇよ。それがお前の仕事だったんだろ。それよか姫さんが心配してたぞ。どうにかしていつか会いに行ってやれ」

聖女アイ。その小さな姿を想像して、わたくしはまたぎゅっと唇を結んだ。

「……今さら会ってどうするのよ」

「馬鹿だなお前」

バッサリと言われてわたくしは思わず「なっ⁉」と声を荒げた。

「そんなもん決まってるだろ。まずユーリにちょっかいだしたことを謝る。それからかばってくれてありがとうって言えば、それで姫さんなら十分なはずだ」

「そ、そんなんでいいの……?」

「そりゃそうだ。だってお前らは友達なんだろ?」

――友達。

その単語にわたくしはぐっと唇をかみしめた。

「わたくしは……家臣だし、そもそも魔物なのよ……?　それが友達なんて……」

――聖女は主様の敵だ。主様のために彼らを絶望に落とし、その力を奪わねばならない。

だけど……。

『おねえちゃん』

脳裏によみがえる、あどけない聖女の声。

魔物という秘密を共有しているからか、聖女はわたくしがショコラと話しているのをいつもニコニコしながら見ていた。

おいしいおやつがあればわたくしにもおすそわけと言って持ってきてくれる。

何より……わたくしは彼女から両親を奪おうとしたにもかかわらず、わたくしが斬られそうになった時、聖女は真っ先にかばってくれたのだ。

黙り込むわたくしをハロルドがじっと見つめる。その赤茶色の瞳は、「それがお前の本心なのか？」と語り掛けてきていた。

「………………なりたいわよ……」

蚊の鳴くような声を出してから、わたくしはぎゅっと拳を握った。

「わたくしだって、友達になれるのならなりたいわよ……！」

言ってバッと顔を上げる。その拍子ににじんだ涙がぽろりとこぼれたが、構わなかった。

だって、もうこれ以上自分の気持ちに嘘はつきたくなかったの。

「おう。ちゃんと言えたな、えらいえらい」

ニカッと笑ったハロルドが、大きな手でわしわしとわたくしの頭を撫でてくる。

「ちょっと！　気安く触らないでくれる!?」

そうわたくしが吼えても、ハロルドはニコニコしたままわたくしの頭を撫で続ける。

「うんうん。元気が出てきたな。それでこそお前らしい」

まったくもう、本当に勝手な男！

「ならとりあえず姫さんに謝れるよう、段取りをつけねぇとな。それから部屋に閉じこもってでもしょうがないから大神官に何か仕事を手配してもらえ。働かざる者食うべからず、だ」

「あのね。わたくし一応囚人みたいなものなんですけれど？」

「みたいなもん、だろ？　なら問題ない。それともおやついらないか？」

「……いるわよ」

言って、わたくしはぶすりと腕を組んだ。


――どうやらわたくしは、これからもここで働かされることになるらしい。その代わりおやつがもらえる上に、真面目に働けばわたくしの姫様ともまた会わせてくれるようだ。

……まあそんな生活も悪くないわね。少なくともこの部屋でくさくさしているよりは。

想像して、わたくしは諦めたようにため息をついた。

その瞬間、わたくしの新しい生き方が定まったことに、その時のわたくしはまだ気づいていなかった――。

聖女が来るから君を愛することはないと言われたので
お飾り王妃に徹していたら、聖女が5歳？ なぜか陛下の態度も変わってません？②／了

MAG Garden NOVELS

聖女が来るから君を愛することはないと言われたので お飾り王妃に徹していたら、聖女が5歳? なぜか陛下の態度も変わってません? ②

発行日　2023年9月23日 初版発行

著者 宮之みやこ　イラスト 界さけ

発行人　保坂嘉弘

発行所　株式会社マッグガーデン
〒102-8019 東京都千代田区五番町6-2
ホーマットホライゾンビル5F
編集 TEL：03-3515-3872　FAX：03-3262-5557
営業 TEL：03-3515-3871　FAX：03-3262-3436

印刷所　株式会社広済堂ネクスト

担当編集　須田房子（シュガーフォックス）

装　幀　早坂英莉 + ベイブリッジ・スタジオ、矢部政人

本書は、「小説家になろう」(https://syosetu.com/) 作品に、加筆と修正を入れて書籍化したものです。

ISBN978-4-8000-1365-1 C0093　Printed in Japan

著者へのファンレター・感想等は〒102-8019（株）マッグガーデン気付
「宮之みやこ先生」係、「界さけ先生」係までお送りください。